EL NACIMIENTO DE UNA NACIÓN

EL NACIMIENTO DE UNA NACIÓN

Libro III

DE LA SERIE

LAS AVENTURAS
DE FÉLIX NÚÑEZ

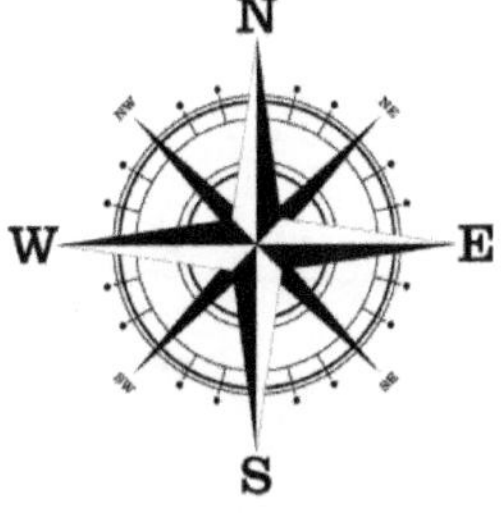

FERNANDO LIZAMA MURPHY

2022

LAS AVENTURAS DE FÉLIX NÚÑEZ. Libro 3. EL NACIMIENTO DE UNA NACIÓN.
© Fernando Lizama Murphy, 2022
Inscripción N° 2022-A-6080
ISBN: 9798842159505
Maquetación y diseño: Javier Orrego Corcuera
Ilustración portada: Dibujo de un huaso o campesino de cuerpo entero. J. Mauricio Rugendas.
Autoedición FLM
Talca. CHILE

Índice

Episodio I REGRESANDO A LA NORMALIDAD   8

Episodio II EL TERREMOTO DE VALPARAÍSO   16

Episodio III EN MEDIO DEL CAOS   22

Episodio IV SALIENDO ADELANTE   31

Episodio V EL REMORDIMIENTO   38

Episodio VI CONCEPCIÓN   44

Episodio VII LA MALA SUERTE   51

Episodio VIII ASALTADOS POR CORSARIOS   59

Episodio IX NUEVAMENTE PROA A EL CALLAO   67

Episodio X A TOMAR CHILOÉ   77

Episodio XI ASALTO Y CAÍDA DE CHILOÉ   86

Episodio XII UNA GRAN TRISTEZA   95

Episodio XIII UNA AVENTURA INESPERADA   101

Episodio XIV UN NUEVO AMOR   111

Episodio XV LA GUERRA CIVIL   119

Episodio XVI LA BATALLA DE LIRCAY   127

Episodio I

REGRESANDO A LA NORMALIDAD

Los dos primeros meses después del retorno a casa fueron complejos intentando adaptarme a la vida en tierra y a convivir con otras personas. Al estar embarcado tanto tiempo, se pierde un poco la noción de lo que es la vida de la gente común, de aquellos que solo ven el mar desde la orilla. Además, para mí se había convertido en una obsesión la idea de formar una familia, por eso permanecía atento, como puma tras su presa, por si mi mirada tropezaba con la de alguna dama que me acompañase para consumar mi aspiración.

Pero todo mi proyecto se enredaba por la deteriorada salud de don Simón, en gran medida creo yo, culpa de la soledad. La falta de su mujer lo marcó a fuego y no me percaté antes de zarpar al norte, preocupado de mis asuntos. Ahora, obligado por un compromiso de lealtad, me correspondió asumir una parte importante de las riendas del negocio. En una de esas tardes de charla me relató que, después de la muerte de la señora Rosaura, sus hijos viajaron a Santiago y solo sabía de ellos por cartas que le llegaban en forma esporádica.

—La barraca absorbe casi todo mi tiempo, pero eso no basta para poder sobrellevar el peso del negocio y de los recuerdos. Ni siquiera tengo con quien comentar lo acontecido durante el día. Es muy triste— me dijo con sus ojos llenos de lágrimas. —Para mí tu compañía es tanto o más importante que lo que haces en el trabajo— me confesó.

Debo reconocer que sus palabras me halagaban, pero me daba cuenta de que para hacerme cargo por completo del negocio tenía muchos vacíos. Lo aprendido con el padre Nicodemo en Vichuquén era apenas un barniz y lo poco que le había agregado a mi preparación leyendo, no me capacitaba para reemplazar a don Simón en la administración de la barraca. Necesitaba aprender más y no sabía dónde hacerlo.

La respuesta me la trajo Remigio Pérez, mi amigo y compañero de pieza desde el regreso del norte. Él, que en la marina se desempeñaba en la parte sanitaria, al volver ingresó a trabajar al hospital San Juan de Dios de Valparaíso, pero adolecía de mis mismas limitaciones. Apenas sabía leer, escribir y conocía los números así como de pasada, por eso le condicionaron su continuidad en el trabajo a que se educara y lo enviaron a conversar con un inglés de apellido Smith, llegado poco antes desde tierras cuyanas y que enseñaba a través de un sistema que llamaba lancasteriano. Consistía en que, como él era el único maestro, preparaba a sus alumnos más avanzados para que transmitieran sus conocimientos en las materias que dominaban mejor a aquellos que se estaban iniciando o que resultaban más tardos para aprender. Lo bueno del sistema era que el estudiante se ponía de acuerdo con su monitor para adecuar los horarios conforme al tiempo del que cada uno disponía y dos veces al mes ambos se reunían con el maestro Smith para medir los avances.

Después de conversar con el profesor inglés y de evaluar mis conocimientos, que en lo que se refería a gramática no encontró tan malos, no así en aritmética, donde lo que sabía no daba ni para lo más básico, me puso bajo la tutela de un joven de mi edad de nombre Efrén Gómez, un muchacho serio que trabajaba en una oficina aduanera del puerto y que disponía de un par de horas todas las tardes después de sus labores.

Las jornadas para mí eran agotadoras. Luego de un día laboral intenso, debía reunirme con él y con otras personas en su casa para que nos enseñase con unas guías que entregaba el señor Smith. Debo decir que el curso consumía una parte importante de mi sueldo, pero don Simón, cuando supo lo que estaba haciendo, comenzó a financiarme los estudios.

La primera evaluación del inglés no fue muy halagüeña, pero en la segunda oportunidad se mostró bastante más satisfecho y yo también. Reconozco que mis progresos, sobre todo en aritmética eran bastante notables y en gramática nada de despreciables. Sin duda que mi práctica profesional hacía que se acelerara el proceso. Para mí es indudable que una persona que, como en mi caso, está forzada a aprender rápido, asimila mejor los conocimientos que el maestro entrega.

Lo único que faltaba para completar mis aspiraciones era la mujer de mis sueños. Abandonada la idea de regresar a Guayaquil por Clara, Teresa Cuevas, la de Vichuquén, no era más que un recuerdo cada vez más difuso. A Lucila, mi compañera de lecho antes de partir con el almirante Cochrane, no la vi más y no me interesaba. Buscaba una mujer distinta, que me ayudase a progresar. Después de conocer a don Simón y percibir sus logros, me daba cuenta de que yo era capaz de ser mi propio patrón y que para eso necesitaba estudiar, trabajar mucho y tener a mi lado una mujer como doña Rosaura, de esas que son un apoyo constante.

Mientras permanecía luchando en el norte, don Simón contrató a una señora para que se hiciera cargo de mantener la casa y le preparase comida. Después de nuestro retorno cocinaba para los tres. La dama se llamaba Estela, tendría unos cuarenta años y a Remigio y a mí no nos miraba con muy buenos ojos, aunque nunca tuve una conversación con ella, salvo los saludos protocolares. Con mi amigo continuábamos durmiendo en la habitación del fondo, así que no tenía cómo ratificarlo, pero me daba la impresión de que doña Estela calentaba la cama de don Simón por las noches. Bien por él en todo caso, pero tal vez ella nos veía como unos entrometidos, lo que me hizo pensar que quizás tendría intenciones de robarle al anciano y que nuestra presencia se lo impedía. Tal vez era solo mi imaginación que me hacía ver perversidad donde no la había.

A Remigio míster Smith le asignó otro monitor, por lo que no coincidíamos en clases, pero él pronto me contó que tenía por compañera, tanto en los estudios como en el trabajo, a una muchacha muy bonita, de nombre Catalina, y que la había invitado a salir. Me dijo que ella le condicionó la salida a que los acompañara su hermana, un año menor y me pidió que yo me integrase al grupo para poder concretar su plan. Por supuesto que acepté encantado y el domingo siguiente fuimos a caminar por la costa.

Ya estaba terminando septiembre y la primavera alargaba los días y calentaba los corazones, pese a la llovizna tenue que la brisa traía desde el océano. Julia, la hermana de Catalina, la igualaba en hermosura y la verdad es que me sentí muy cómodo caminando junto a ella y conversando. Por supuesto que su interés, como ocurría casi siempre, se inclinaba por conocer cosas de la guerra, lo que por lo demás ocurría con cualquier persona que supiese de mis andanzas junto al almirante Cochrane.

Regresamos al atardecer hasta el hogar de las niñas, que nos invitaron a pasar para que conociésemos a sus padres. El señor Aguayo, padre de las muchachas, nos recibió con cierto recelo, pero se dejó seducir por nuestras aventuras bélicas y estuvimos hasta muy tarde conversando con él y con doña Carmen, su esposa, una mujer tímida que siempre se mantuvo como en un segundo plano. Además estaba Luis, el único hijo hombre, un niño de entre diez y doce años, que hizo muchas preguntas mientras jugaba con un sable de madera que le había confeccionado su padre. Decía que cuando adulto quería ser capitán de barco de guerra.

Todos los domingos de octubre salimos con nuestras amigas que, poco a poco, se iban convirtiendo en algo más. Julia, además de atractiva era inteligente y comenzó a asistir a clases junto a su hermana. Algunos días, al salir de mis cursos, me dirigía raudo hasta la casa en la que se los impartían a Remigio y a las dos niñas, para escoltarlas hasta su hogar. Sentía que me estaba enamorando de Julia y se lo hice saber a mi amigo.

—Remigio, percibo que el amor está golpeando a mi puerta. Me gusta mucho Julia y creo que le propondré que lo nuestro se convierta en algo más serio. Iré a conversar con su padre para que me autorice a salir con ella sin tener necesidad de hacer de chaperones de ustedes.

—Yo no he hablado con el señor Aguayo aún. Déjame hacerlo primero ya que fui yo el que empezó con esta relación con las hermanas.

—Me parece correcto. Además ambos trabajamos en algo estable y creo que podríamos ofrecerles un destino sólido, lo que creo sería bien visto por su padre.

—Así lo creo yo también —respondió mi amigo.

No obstante, pasaban los días y pese a que Remigio acompañaba casi todos los días a Catalina a su hogar, no hablaba con su padre. Una noche, en nuestra habitación lo encaré:

—Dime, Remigio, ¿hasta cuándo tendré que esperar para que hables con el señor Aguayo? Han pasado varios días desde que lo conversamos y no tomas la iniciativa.

Entonces, un Remigio acongojado, me dijo:

—Lo que pasa, amigo mío, es que me he enamorado de otra niña, que también trabaja en el hospital y no deseo desengañar a Catalina. Estoy en un enorme dilema sentimental.

—¿Y por qué no me lo dijiste antes? Yo podría conversar con el padre por Julia y tu indecisión me ha perjudicado.

—Me temo que si rompo con Catalina, Julia hará otro tanto contigo. Por eso no te lo había contado. Siento que en alguna medida lo tuyo puede estar atado a lo mío y no quiero perjudicarte.

Al final de nuestra charla quedamos de acuerdo en que él rompería con Catalina y que yo conversaría con Julia, explicándole que nuestra relación no tenía por qué estar ligada a la de su hermana.

El domingo siguiente, 17 de noviembre, fecha que recuerdo muy bien por los sucesos que siguieron, después de salir juntos a nuestro paseo habitual, Remigio caminó, junto a Catalina, por un costado de la plaza y yo por el otro. Se suponía que cada uno debería explicarle a su compañera la situación.

Después de carraspear, porque estaba muy nervioso, comencé a hablar:

—Señorita Julia, no puedo continuar ocultándole mis sentimientos. Estoy enamorado de usted y si usted me corresponde, me agradaría conversar con su señor padre para que me autorice a mantener un romance.

Julia se ruborizó, aunque me pareció que mi solicitud no la sorprendía.

—Me agradaría mucho, Félix, convertir nuestra amistad en un compromiso más formal y por supuesto que cuenta con mi aprobación para que converse con mi padre.

—¡Muchas gracias! ¡Usted no se imagina la alegría que me producen sus palabras!

Mientras nosotros dábamos vueltas en un sentido en torno a la plaza, Catalina con Remigio lo hacían en el inverso y en un momento nos cruzamos. Pude ver los ojos de ella llenos de lágrimas y con una expresión de rabia. En ese momento se acercó a su hermana, la tomó del brazo y le ordenó perentoria:

—¡Vamos, regresemos a casa!

Julia la miraba confundida, sin entender lo que pasaba. Entonces mi compañera se soltó y se paró junto a mí, diciendo:

—Félix me acaba de pedir autorización para que hagamos de nuestra amistad un romance y tú lo destruyes de inmediato. ¡No, no regresaré contigo a casa!

—Es que Remigio me dice que está enamorado de otra mujer y que no seguirá conmigo.

Diciendo esto rompió en llanto. Remigio intentaba consolarla, pero ella lo rechazaba, Julia abrazó a su hermana y quizás por solidaridad comenzó a llorar junto a ella. Yo no sabía qué hacer frente a este drama que se desarrollaba en plena plaza, con paseantes observándonos con cara de reproche, como si estuviésemos maltratando a estas muchachas indefensas.

Me alejé un poco de la escena, no para evitar mi responsabilidad, que creo no tenía ninguna, sino para evitar las miradas inculpatorias.

Después de unos minutos dramáticos, ambas hermanas salieron caminando rumbo a su hogar y a nosotros no se nos ocurrió nada mejor que escoltarlas a cierta distancia. Mientras Catalina caminaba cabizbaja, Julia ocasionalmente volvía la cabeza y me miraba encogiéndose de hombros, sin saber qué hacer. Tampoco se me ocurría como actuar en estas circunstancias.

Cuando ya estábamos por llegar, Remigio se adelantó e intentó conversar con Catalina, pero al parecer ella no estaba dispuesta a aceptar explicaciones o lo que fuera. Yo no escuché lo que mi amigo decía, pero los ademanes hablaban por sí solos.

Entonces Julia se acercó a mi lado y, consternada por lo ocurrido, me sugirió que postergara por unos días la conversación con su padre.

—En estas circunstancias, Félix, es probable que lo rechace. Creo que sería conveniente esperar unos días —me dijo.

Le encontré razón y pensé que mi vida volvería a la monotonía de antes, trabajando de día y estudiando de noche. Por el momento, Julia pasó a engrosar la lista de mis amores frustrados.

Episodio II

EL TERREMOTO DE VALPARAÍSO

Que nadie tiene el control de su existencia, quedó demostrado la noche del 19 al 20 de noviembre de 1822, cuando un terremoto de proporciones asoló Valparaíso. Desde varios días antes escuchábamos sonidos extraños provenientes de la tierra, seguidos de sismos que si bien causaban inquietud, no provocaban una gran alarma entre una población resignada a las rabietas de la tierra. De alguna manera estábamos acostumbrados a estos movimientos y pese a que existían personas, sobre todo sacerdotes, que los vinculaban a venganzas divinas por los pecados de la gente, la mayoría sabíamos que se trataba de eventos naturales que se aceptaban con la certeza de que nada ni nadie podría conseguir aplacarlos.

Sabíamos también, porque lo informaron marinos provenientes del norte, que dos semanas antes un terremoto había asolado Copiapó, por lo que por lo menos para mí, no resultó tan sorpresivo el cataclismo de esa noche. Lo que escapaba a toda mi imaginación fueron las consecuencias.

La última vela estaba a punto de extinguirse iluminando apenas el botellón de vino que compramos para calmar nuestros quebrantos, pues desde el domingo nos quedábamos con Remigio comentando los acontecimientos de esa tarde con las hermanas Aguayo.

—No se me pasó por la cabeza que a Catalina podría afectarle tanto mi decisión— repetía una y otra vez, como hablando consigo mismo, un Remigio, confundido.

—Yo no sé mucho de mujeres, pero por lo que he escuchado, de ellas se puede esperar cualquier reacción —repliqué yo, un casi absoluto desconocedor del género femenino.

Y así, mientras manteníamos estos diálogos que, de alguna manera le buscaban una explicación a los sucesos románticos, comenzaron los ruidos subterráneos, como si los truenos, en lugar de provenir desde el cielo, lo hicieran desde bajo tierra.

Nos miramos con Remigio y como impelidos por un resorte, salimos hasta la puerta para ver cómo la tierra saltaba como si fuesen olas. Pese a la oscuridad, vimos que la barraca de don Simón comenzaba a inclinarse hacia un lado, arrastrando la casa contigua que era donde vivía el anciano junto a su sirvienta. Intenté correr hacia allá, pero al soltarme del marco de la puerta perdí el equilibrio y me fui de bruces al suelo. Todos mis intentos por ponerme de pie fracasaban, mientras la tierra me sacudía a su ritmo. Ahí, desde el piso, vi como terminaba de desplomarse la vivienda sin que, por lo menos hacia el patio, saliera nadie más que nosotros.

Concluido el remezón, que parecía interminable, una niebla de polvo y un silencio sepulcral se abatían sobre el puerto. Duró unos segundos porque muy pronto fue reemplazado por centenares de voces en las que se confundían lamentos con llamados gritando un nombre con alaridos de dolor o implorando la misericordia divina.

Remigio permaneció de pie bajo el dintel de nuestra habitación, que resistió bastante bien el remezón. Se cayeron algunos objetos al suelo, pero la estructura, quizás por ser más pequeña, aguantó. Cuando concluyó todo, su primer pensamiento fue para la mujer con la que acababa de romper.

—¿Cómo estará Catalina? —preguntó y en ese instante pensé en Julia y que tenía que partir en su auxilio, pero los escombros de la barraca y de la casa de don Simón nos impedían llegar a la calle. Me acerqué a las ruinas de lo que poco antes era una vivienda confortable y me pareció escuchar quejidos. Frenético, llamé a Remigio y juntos comenzamos a retirar tablas, piedras, adobes y otros escombros que impedían acceder a la fuente de los lamentos. Poco importaba que nuestras manos estuviesen sangrando de tanto tomar objetos cortantes.

De pronto sentí ruidos provenientes desde el sitio donde estuvo la barraca y unas voces que gritaban mi nombre.

—¡Don Félix, don Félix!

Respondí los llamados, y luego de encender una fogata con palos que recogimos del suelo porque la visibilidad era casi nula, desde dentro comenzamos a escavar hacia ese lado y muy pronto vi aparecer una mano por entre las tablas. Cuando agrandamos el agujero, me encontré con la cara de Artemio González, uno de los trabajadores de la barraca. Junto a él estaba su hermano Clotario, que también trabajaba con nosotros. Vinieron desde su casa cercana para ayudar, porque desde ahí vieron cuando se desplomaba la estructura de su fuente de trabajo.

Ahora, entre los cuatro comenzamos a remover los escombros de la vivienda de don Simón, hasta que pudimos dar con el dormitorio. Bajo una torre de tablas se veía un pie. Todos trabajamos con afán, logrando dejar a la vista el cuerpo inerte del anciano, muy maltrecho. Tal como lo habíamos imaginado, a su lado estaba doña Estela y los quejidos provenían de ella. La tomamos con cuidado y la depositamos en el suelo sobre una frazada que logré rescatar de entre los escombros. Remigio la examinó y dijo que al parecer tenía muchas fracturas. Además sangraba por la nariz y por unos cortes en el rostro.

También, con mucho cuidado, sacamos el cuerpo del finado y lo dejamos junto a ella, que cerró los ojos y al parecer se durmió, aunque unas lágrimas corrían desde el rabillo de sus ojos.

Remigio decidió dirigirse al hospital San Juan de Dios porque imaginó que hacía mucha falta ahí y ofreció que, si era posible, enviaría una cuadrilla por doña Estela.

Se produjo un instante de descanso que fue interrumpido por un nuevo movimiento telúrico, claro que más suave y corto que el anterior. Extenuados, me senté junto a los hermanos González sobre una piedra y ellos me hicieron una pregunta, que si bien me pareció algo fuera de lugar, me obligó a pensar en el tema.

—¿Qué va a ser de nuestro trabajo ahora?

Me sorprendieron y no supe qué responder. Sentados ahí, con el cuerpo del patrón al lado, todo cubierto de polvo y laceraciones y el de doña Estela, que, despierta nuevamente, no cesaba de quejarse, quedé mudo.

Artemio insistió:

—¿Usted cree que la barraca seguirá funcionando?

Antes de responder, medité por algunos minutos. Hasta donde yo sabía, en Valparaíso don Simón no tenía más familiares, sus hijos vivían en Santiago y por lo que doña Rosaura me contó alguna vez, provenían de Concepción. Para poder continuar trabajando se necesitaba un jefe y dinero y así se los dije a los González.

—Los hijos de don Simón viven en Santiago. Ni siquiera conozco su dirección y sin ellos no sé quién podría hacerse cargo del negocio.

—¡Usted! —respondieron al unísono los González. —Usted conoce a los clientes, sabe a quién le compraba los troncos don Simón y sabe todo el tejemaneje. Y la plata de don Simón debe estar guardada por aquí, entre los escombros.

Sin pensarlo mucho, respondí.

—¿Y qué opinarán los otros maestros que trabajan con nosotros?

—Creemos que van a estar de acuerdo. Entre no tener nada… Además, piense don Félix, con esta tragedia la venta de madera va a aumentar, toda la gente va a necesitar reconstruir o reparar sus casas. ¡Echémosle para adelante no más!

Debo reconocer que la idea me gustó, sobre todo por la claridad con que Artemio planteaba los argumentos, como si lo tuviese pensado desde mucho antes. Me gustó aunque sabía que asumía un tremendo peso sobre mis espaldas, además de que pasaba a llevar a los legítimos herederos del finado, lo que sin duda era ilegal.

—¿Y qué haremos cuando aparezcan los hijos de don Simón por acá? —pregunté.

—Usted le explica lo que hicimos y les entrega su parte.

Cada vez más me parecía como si los González tuviesen todo planificado desde antes, casi como que hubiesen provocado el terremoto para nuestro beneficio. Le buscaba los inconvenientes a su idea y salvo lo de echarme esta tremenda responsabilidad encima y además en una propiedad ajena, no le veía más inconvenientes, que no eran menores, debo decirlo. Sin embargo respondí.

—Veámoslo mañana, cuando estén todos los trabajadores presentes. Así lo podré pensar mejor, ordenar las ideas, porque si me hago cargo del negocio, tiene que ser con el apoyo de todos ustedes.

Mientras conversábamos en la oscuridad, con el finado don Simón a un lado y la quejumbrosa Estela al otro, escuchamos que desde la calle gritaban.

—¿Hay alguien ahí?

Por entre el boquete que hicimos para que entraran los González salimos los tres para encontrarnos con una cuadrilla del hospital que buscaba heridos y muertos. Ellos se hicieron cargo de la situación y quedamos de acuerdo con los hermanos de reunirnos a primera hora en el mismo lugar para buscar el dinero y otras cosas de valor que tuviese don Simón.

La verdad es que yo, a los pocos minutos, había decidido hacerme cargo de la barraca, por lo menos hasta que llegaran los hijos de don Simón Muñoz, mi excelente patrón, cuyo cuerpo de seguro iría a parar a una fosa común junto a los muchos muertos que dejó el cataclismo en esa noche fatal.

Con respecto a la señora Estela, debo reconocer que jamás me preocupé y a partir de ese momento nunca más supe qué fue de ella.

Episodio III

EN MEDIO DEL CAOS

Me despedí de los dos hombres que me ayudaron en ese duro trance y que me abrieron los ojos a la nueva realidad, para dirigirme a casa de los Aguayo. En el camino, iluminado por múltiples fogatas que los vecinos prendieron para calentarse, hervir agua y alumbrar mientras intentaban rescatar a los sepultados bajo los escombros, pude percibir la enorme tragedia que se vivía, con muchas viviendas en el suelo, otras en llamas, gente aglomerada en torno a los restos intentando rescatar a parientes atrapados o tratando de salvar algunas pertenencias. En las esquinas, pilas de cadáveres a la espera de ser trasladados y en torno a los cuerpos, familiares acongojados. Vi a una madre llorar con su hijito muerto entre los brazos y muchas otras escenas dramáticas, que como siniestra música de fondo, tenían gritos de agonía, llantos lastimeros que incrementaban el patetismo de la catástrofe. Observando este angustioso panorama imaginaba que me aguardaba lo peor y apuré el tranco para llegar pronto donde Julia, haciendo caso omiso a los pedidos de ayuda que llegaban a mis oídos. Pensaba que si me detenía, llegaría tarde para socorrer a la mujer amada.

La de los Aguayo era casa hasta antes del terremoto. Ahora su lugar lo ocupaba una montaña de escombros. Frente a este desastre estaba Julia de pie, mirando perpleja. Pese a su rostro polvoriento, en el que se veían huellas de lágrimas, estaba muy hermosa. Me acerqué a su lado con cautela, temiendo una reacción adversa.

—Señorita Julia, ¿cómo está, cómo está su familia?

Al verme me abrazó y soltó un llanto lastimero, prolongado, que yo no sabía cómo calmar.

—¡Tranquila, Julia, tranquila! He venido para ayudarla. Cuénteme, qué ha pasado por aquí.

Entre sollozos me relató que cuando se inició el sismo ella, que estaba cerca de la puerta, corrió a la calle pero que no más poner un pie fuera, la vivienda se desplomó con los demás moradores en su interior. Me mostró sus manos sucias y maltrechas por los intentos de remover lo que sepultaba a su familia, pero no había logrado sacar a nadie, pese a que escuchaba lamentos desde el interior.

Me puse junto a ella a retirar piedras, palos y todo aquello que, destrozado, deja como fatal recuerdo un cataclismo como ese. Pronto aparecieron otros vecinos que, pese a vivir sus propios dramas, ayudaban a aquellos a los que veían en peores condiciones. Así, después de un tiempo que no supe calcular pero que se tradujo en que el resplandor del sol comenzó a iluminar la mañana, logramos abrir un pequeño boquete que nos condujo hasta un cuerpo que parecía muy lacerado. Era el del señor Aguayo respirando con dificultad. Con cuidado lo sacamos a la calle para regresar al interior en busca del resto de la familia. Todo en medio de sismos que una y otra vez removían la tierra y los corazones, sembrando el pánico.

Yo me había comprometido con los González para reunirnos frente a lo que fuera la barraca donde estarían los otros trabajadores, pero no podía dejar sola a Julia en estos desgraciados menesteres, así que continué junto a ella hasta que logramos sacar al resto de su familia. Misiá Carmen, su madre estaba muerta y Luis, el hermano menor, se veía muy grave. A Catalina le asomaba un hueso fracturado desde su pierna, pero aparentemente el sueño o el cansancio la habían vencido, porque dormitaba, aunque con mucha agitación.

A media mañana apareció Remigio con una cuadrilla de rescatistas del hospital y se llevaron a los heridos. A la fallecida la trasladarían hasta la esquina más cercana, donde, aseguraron, pasaría un carro tirado por mulas que recogía los cadáveres. Julia lloraba desconsoladamente, pidiendo un trato digno para su madre y Remigio le aseguró que volvería lo más pronto posible para intentar conseguirle un espacio junto a alguna iglesia. Lo patético era que todos los centros religiosos también estaban en el suelo, incluso algunas tumbas se abrieron dejando a la vista los restos descompuestos de los finados, por eso muchos fieles oraban en voz alta, clamando al cielo por misericordia, mientras otros renegaban del Hacedor. Sin que Julia escuchara, Remigio me contó que la mayoría de los cuerpos estaban siendo depositados en barcazas para arrojarlos mar adentro. La autoridad buscaba evitar epidemias que suelen producirse luego de las catástrofes.

Como las calles estaban llenas de escombros, no podían circular carretas por vastos sectores del puerto. Los camilleros debían entrar a pie y en angarillas —caminando sobre escombros y esquivando cuerpos— cargaban a los heridos para trasladarlos hasta el hospital San Juan de Dios, que, según me informó mi amigo, ya no tenía capacidad para recibir más personas.

Y muy pronto se iniciaron los desmanes y saqueos de gentes de mal vivir que se introducían en las viviendas en ruinas para robar. Fue necesario que desembarcaran los marinos de la *O'Higgins*, que desde su regreso del norte estaba a la gira frente al puerto, para que pusieran orden. Varios hampones sorprendidos cometiendo fechorías, terminaron sus días fusilados en el mismo sitio donde fueron capturados.

En los días siguientes, por todas partes la ciudad era un caos. Si antes se veían niños pobres pidiendo un mendrugo de pan, ahora eran cientos. Si antes los perros circulaban libremente por todas partes, ahora escarbaban entre las ruinas y no era extraño ver a alguno portando partes de anatomía humana entre sus fauces. El domingo siguiente los sacerdotes sacaron la imagen de la Virgen en procesión y una numerosa columna de personas los siguió, mientras oraban en voz alta, pidiendo a Jesús y a todos los santos que se apiadasen de la ciudad. Yo, que no me sentía demasiado identificado con los curitas, aunque los ayudaba cuando podía, observé de lejos.

Desde que volvimos del norte, con Remigio hubiésemos podido permanecer a bordo de la *O'Higgins*, porque el almirante Cochrane autorizó a los marinos que regresaron de la campaña para que alojasen en la nave mientras la autoridad les pagaba los salarios adeudados por su participación en el Ejército Libertador del Perú. Nosotros teníamos trabajo fijo, un techo en el que cobijarnos y un plato de comida, pero muchos, sobre todo los que provenían de otras ciudades, no querían regresar a sus hogares con los bolsillos vacíos. Se nos adeudaban tanto salarios como la participación de los botines de guerra. Pero pese a las insistencias del almirante frente al gobierno, el dinero no llegaba.

Una vez que se llevaron el cuerpo de su madre, Julia no tenía adonde dirigirse y la invité a alojar en la casa del fondo del patio de la barraca que seguía resistiendo los embates de la seguidilla de temblores que continuaban sacudiendo a Valparaíso. A esas alturas, la gente estaba como adormecida y no reaccionaba huyendo. Me impresionaba ver los rostros de resignación, sobre todo en aquellos que habían perdido un ser querido, que fueron miles. El algún momento circularon personas con amplificadores de voz, de esos de latón, anunciando la posibilidad de un maremoto que, por fortuna siguió curso hacia el norte y afectó con grandes olas a Quinteros. En Valparaíso muchos fueron los que se dirigieron a la costa, algunos curiosos para ver el mar tan agitado y otros tal vez con la esperanza de ser tragados por las olas y así eludir la pesadilla que estábamos viviendo.

Por alguna causa que podríamos llamar milagro, a casa de don Simón no entraron los saqueadores y el sector de la cocina quedó casi intacto, apuntalado por tablas rotas que impidieron que los muros cayesen hacia el interior. En una alacena encontré harina, charqui, cochayuyo, pescado seco y algunos frascos con fruta cocida y mermeladas. En un rincón sobrevivieron dos barriles, uno con agua y otro con vino. Insté a Julia a beber agua con moderación, temiendo que el aguatero no pasase en los siguientes días. Desde mucho antes el puerto era abastecido del líquido por personas que a lomo de burro o de mula cargaban toneles, vendiéndolo puerta a puerta. Las aguas servidas eran vertidas en quebradas, zanjas, en fosos escarbados en el fondo de los patios o simplemente lanzadas a la calle. Por eso la abundancia de perros, gatos, ratas y cucarachas y el riesgo de epidemias. A los pocos días el olor en la ciudad, que ya era pestilente, ahora resultaba casi insoportable con el hedor de los cuerpos de aquellos que aún no eran rescatados desde bajo los escombros.

Al final del día regresó a casa Remigio contando que a Catalina le habían salvado la pierna, aunque muy probablemente quedaría renga. El señor Aguayo estaba mejor, lo mismo que Luis, el hermano de Julia, aunque aún persistía el riesgo vital de este último. Nos dijo que lo ideal hubiese sido sacarlos del hospital porque se temía algún brote epidémico, pero en ese momento no teníamos dónde llevarlos.

La tragedia que llevaba Remigio en su corazón era que Lidia, la muchacha de la que estaba enamorado y que le significó el escándalo con Catalina, no aparecía por ninguna parte. Nos contó que fue a su casa, desplomada como casi todas las del puerto y que ningún vecino le pudo informar si la mujer estaba viva o muerta. Tampoco supieron dar razones de sus familiares.

Hurgando en casa de don Simón di con un baúl en el que encontré ropa de mujer. Julia, que no logró rescatar nada desde su vivienda, por supuesto necesitaba aunque fuese una muda de ropa. Los vestidos de doña Rosaura no eran muy a la moda, pero salvarían la situación por un tiempo. Por suerte sus tamaños eran semejantes y no le asentaron tan mal.

Esa noche aparecieron los hermanos González, reprochándome que no hubiese asistido a la cita de la mañana, les expliqué los motivos y parecieron entenderlos. Como en ese momento yo me encontraba muy fatigado, les pedí que dejáramos la reunión para el día siguiente y prometí que no les fallaría.

Después de comer algo de los alimentos que encontramos entre las ruinas de don Simón, esa noche dormimos los tres en la habitación del fondo. Nadie estaba de ánimo para otra cosa que no fuese el descanso.

Muy temprano sentí golpes en la puerta. Eran los González junto a otros cuatro de los maestros que en el último tiempo trabajaban en la barraca. Solo faltó al que todos conocíamos como "el Cuñado", cuyo paradero se desconocía. Lo llamábamos así porque tenía una hermana que ejercía en uno de los burdeles del puerto y al parecer todos los otros habían ocupado sus servicios profesionales.

De inmediato analizamos la situación y lo primero que pudimos verificar es que ya se habían robado algunas tablas y herramientas de la barraca. Decidimos que nos turnaríamos para custodiar durante las noches nuestra fuente de trabajo.

Sin que nadie se lo pidiera, Artemio González tomó cartas en el asunto y dio las primeras instrucciones:

—¡Ya amigos! Tenemos que ponernos a desarmar el galpón con mucho cuidado para salvar la mayor cantidad de materiales posibles, miren que están escasos. Sacaremos las tablas de los costados y las calaminas del techo hasta dejar peladas las cerchas y entonces comenzaremos a armarlo.

Cuiden los clavos, enderecen los que están chuecos y salven todo lo que nos pueda ser útil. Hagámoslo con cuidado para no estropear lo que tenemos. Don Félix, si es necesario, reconstruiremos la barraca un poco más pequeña para que no nos vayan a faltar materiales. ¿Alguna pregunta?

En ningún momento me preguntó si estaba de acuerdo con hacerme cargo del negocio, parece que lo dio por hecho y tampoco yo mostré oposición. Por otra parte, eran tan coherentes las indicaciones, que nadie puso alguna objeción. Volví a pensar que el hombre tenía cierta capacidad de predecir el futuro y que sabía desde antes lo del terremoto. Además que exhibía dotes de mando que me ayudarían para dirigir la barraca. Como nadie replicó a sus instrucciones, continuó:

—Entonces sigo. La primera noche se quedarán de guardia…— ahí lo interrumpí.

—¡Yo me ofrezco para esta noche!

Artemio se quedó mirándome, sonrió con un ademán sarcástico, pero aceptó. Me correspondió junto a su hermano Clotario.

Trabajamos todos con tanto empeño que a media tarde ya teníamos casi la totalidad de las cerchas a la vista. Como el galpón se inclinó hacia un lado, tuvimos más mermas en el costado que quedó pegado a tierra, pero con cordeles y la ayuda de unas mulas que alguien consiguió prestadas, logramos enderezar y apuntalar la pesada estructura. Para el día siguiente dejamos las excavaciones destinadas a ponerle puntales de refuerzo a los pilares.

El día 23 ya teníamos bastante avanzada la obra cuando apareció mi amigo Remigio casi corriendo. Me llamó a un lado y yo temí que era portador de malas nuevas, pero venía con la noticia que llevábamos tanto tiempo esperando. Ese día nos pagarían los salarios atrasados de la marina. Nos citaron a la plaza, pero luego supimos que el almirante Cochrane exigió que el pago se hiciese a bordo de las naves.

Todos los barcos de guerra surtos en la bahía estaban convertidos en refugio temporal para los damnificados del terremoto y los marinos estaban destinados a custodiar el puerto para evitar los robos. Me imagino que Cochrane pensó que si les pagaban a los marinos en la plaza, muchos tomarían su dinero y partirían a sus casas, dejando las embarcaciones repletas de refugiados y la ciudad a merced de los saqueadores. Seguramente creyó que si se pagaba a bordo, tenía más posibilidades de controlarlos.

Por fortuna para todos, al día siguiente se solucionó el problema y cada uno de nosotros debió embarcarse en la última nave en la que prestó servicio. A Remigio y a mí nos correspondió la *Independencia*, donde se podían ver muchos refugiados del terremoto en condiciones lastimosas. Luego de hacer las filas, recibimos nuestro dinero. Los damnificados nos miraban con envidia mientras la mayoría de los tripulantes salíamos risueños con nuestros bolsillos llenos.

Curiosamente, al día siguiente trasladaron los refugiados a otras naves y la *Independencia* zarpó, por supuesto sin nosotros y supe que sin el almirante. No pude averiguar hacia dónde se dirigía el barco y menos la misión que se le había encomendado.

Pero mi vida seguía otro rumbo y el día lunes estuvimos en condiciones de atender los primeros pedidos. Mucha gente llegó a comprar madera que los maestros se afanaban en cortar y dejar a las medidas solicitadas por los clientes, pero los pedidos nos superaban. Muchos además llegaban a pedir fiado, pero de común acuerdo entre todos, decidimos que no le entregaríamos a nadie sin pagar, justificándonos con que teníamos que rendirle cuentas al hijo de don Simón.

Así las cosas, hacia el fin de semana ya no quedaba nada para vender, pero nos acordamos de la bodega arrendada por don Simón tiempo antes en la que guardaba mercadería. Por suerte no había sufrido mucho con el terremoto y en su interior encontramos bastantes troncos que nos permitirían abastecernos por unos días más.

Conforme a como lo acordamos, todas las tardes yo hacía un arqueo, guardaba la parte del dinero necesaria para comprar más mercadería y el resto lo dividíamos en ocho partes iguales que repartíamos, seis entre nosotros, una que se guardaba para comprar elementos o herramientas que se deteriorasen y un octavo dijimos que para don Simón. La verdad es que yo exigí eso porque imaginé que en algún momento aparecería o la señora Victoria o don Vicente, el hijo que reemplazó a su padre cuando éste viajó al sur y no quería tener problemas con la familia de mi antiguo patrón.

Me parecía lógico guardar esta reserva que le entregaría a algún pariente cuando apareciese por Valparaíso.

Episodio IV

SALIENDO ADELANTE

Los maestros, convertidos en socios del negocio, estaban recibiendo buen dinero y trabajaban con mucha dedicación. Las jornadas eran largas y en ocasiones aquellos que debían quedarse a vigilar por la noche, estaban tan agotados que debíamos acudir a personas de afuera para que custodiasen la barraca. Una de esas tardes me encontré con Pedro, mi antiguo compañero de habitación, el que se había unido a Inés, la niña cuyo padrastro pretendía convertir en mi esposa. Me comentó que don Luis, el padre de Inés, continuaba sin trabajo y le dije que lo enviase a hablar conmigo a la barraca. Fue un error. Artemio y los otros entendían que funcionábamos como un negocio comunitario y contratar a alguien sin la aprobación de todo el grupo, lo consideraron un abuso de mi parte. Además que don Luis, entre los más antiguos, despertaba resquemores.

Cuando apareció no me quedó otro camino que decirle que habíamos resuelto el problema que me había hecho llamarlo, que muchas gracias y otras palabras de buena crianza que él no entendió así y me respondió con un sartal de ofensas en las que por supuesto no dejó fuera sus recriminaciones por no aceptar a su hijastra como pareja. Lo menos ofensivo que me dijo fue "orgulloso".

Clotario González tal vez no era muy inteligente, pero su lealtad era a toda prueba y no aceptó el trato que me estaba dando don Luis y sin mediar palabra lo golpeó con un puñetazo en la cara que terminó con mi casi suegro de culo en el piso.

Salió airado de la barraca, gritando todo tipo de improperios, mientras los trabajadores se mofaban de él.

Al día siguiente apareció Pedro para reclamar por lo que habíamos hecho, que nos burlamos de su suegro, lo golpeamos y otras tantas cosas más. Tuve que atajar a Clotario para que no repitiera con el yerno el procedimiento usado con el suegro. Hombre fuerte, musculoso, seguramente fogueado en riñas callejeras, Clotario por presencia intimidaba y me lo imaginaba dispuesto a todo. Pese a la lealtad que me profesaba, se trataba de un personaje al que era mejor tenerle miedo.

Pedro fue otro que salió despotricando en mi contra, diciendo que se me habían subido los humos a la cabeza y otras expresiones que en realidad yo no creía merecer, pero que tampoco iba a transformar en una guerra verbal.

El negocio prosperaba y la buena fortuna me acompañaba. Una tarde, mientras efectuaba la entrega de un pedido, me encontré con monsieur Leblanc, el francés que capitaneaba la nave que trasladaba maderas desde Concepción para don Simón. Me reconoció de inmediato, le conté de la muerte de mi querido patrón durante el terremoto y le expliqué que, junto a los maestros seguíamos adelante con la barraca y que si él podría traernos maderas del sur, como lo hacía antiguamente. Accedió sin problemas y dejamos acordado el precio y el despacho del primer embarque. Se comprometió para estar de regreso en dos meses con el pedido. Además este hombre pequeño, de prominente nariz, ojos hundidos como al fondo de las cuencas y de un hablar extraño en el que mezclaba expresiones en los distintos idiomas aprendidos durante sus travesías por todos los océanos de la tierra, me dijo que sabía dónde estaban ubicados los bosques de don Simón, de Concepción hacia el norte, en Penco y que él no tendría inconvenientes en llevarme hasta allá, pues seguramente los trabajadores desconocían la suerte corrida por su patrón. Acepté su oferta para más adelante, cuando ya estuviese consolidado el funcionamiento de la barraca.

Con eso cerraba uno de nuestros flancos débiles, el abastecimiento. Si todo funcionaba bien, como por suerte ocurrió, tendríamos más madera para vender. Ya habíamos hecho trato con un campesino del sector de Casablanca que talaría varias cuadras de pino para proveernos. Teníamos el suministro asegurado por un tiempo y con eso la prosperidad que todos buscábamos. Solo se trataba de ser ordenados para no despilfarrar el dinero que ganábamos.

Uno de los problemas que persistía era la entrega de la madera y lo solucionamos fabricando una carreta, comprando dos mulas y las ruedas que las sacamos a un carruaje abandonado, destruido durante el terremoto.

Mientras, con Remigio habíamos decidido reacondicionar la casa del patio, le construimos dos habitaciones más con tablas de deshecho que recuperamos de la vivienda de don Simón y nos trajimos a vivir al señor Aguayo y a sus tres hijos.

El hombre, convaleciente aún de sus heridas, no sabía cómo agradecernos. Claro que tantas bocas hicieron que las reservas de la despensa de mi antiguo jefe se agotasen pronto y no había muchos sitios donde comprar alimentos.

Mientras desmantelábamos la casa de don Simón, encontré el lugar en el que guardaba su dinero, no sé si todo o parte. Resolví que lo ocultaría sin avisar a mis socios para entregarlo a los deudos del anciano. A veces Artemio y el resto me parecían demasiado codiciosos, casi dispuestos a matar por unas monedas y eso no me agradaba. Era una cantidad nada despreciable que en caso de emergencia y si no aparecía algún descendiente pronto, la repartiría entre todos, pero por el momento, prefería no mencionar este hallazgo.

Una tarde, con la compañía del señor Aguayo, cuyo nombre de pila olvidé porque siempre lo trate así, de "señor Aguayo", nos dirigimos por madera en la carreta hacia el interior, donde algunos campesinos producían verduras. En lugar de troncos, llenamos el vehículo de lechugas, tomates, choclos, cebollas, papas, frutas de la estación, dos corderos y varias gallinas. En cuanto regresamos a la barraca se acercaron vecinos a preguntar si las vendíamos. Las compré con el propósito de abastecer nuestra casa y compartir con los maestros a los que consideraba y trataba como mis iguales, así que al día siguiente, luego de repartir con ellos los productos del campo, les pregunté si me autorizaban a que el señor Aguayo ocupara un rincón de la barraca para instalar un puesto de verduras. Todos estuvieron de acuerdo lo que permitió que mi suegro se dedicara a ese negocio.

Porque a todo esto yo ya estaba de novio con Julia y Remigio había limado sus asperezas con Catalina. Claro que yo llevaba una ventaja. Julia estaba embarazada, lo que me tenía muy contento.

En estos momentos de alegría recordaba mi Vichuquén natal. ¿Qué sería de mi madre, de mis hermanos, de la tía Eulalia, del padre Nicodemo, del tío Gilberto y de tantas personas que dejé por esos lados cuando, sin quererlo, inicié mi vida aventurera? La nostalgia me invadía. Mi madre sería abuela pronto y no lo sabía. Me embargaban unos enormes deseos de regresar a mi tierra, pero sabía que en ese momento era imposible. No podía dejar la barraca a la deriva ni exponer a Julia a un viaje como ese. Una vez que naciera el retoño, lo pensaría.

Ya estábamos en el año 1823, había abdicado don Bernardo O´Higgins, siendo reemplazado por el general Freire, el almirante Cochrane se había embarcado hacia otros países (escuché decir que al Brasil), Valparaíso se reponía del desastre del terremoto y yo, que además tuve la fortuna de ver al *Rising Star*, el primer buque a vapor que navegó en el puerto, iniciaba por fin la vida de familia que tanto anhelaba. Entre mis planes próximos estaba construir una casa para vivir con Julia, el hijo que venía en camino y los que estarían por llegar.

Fue cuando apareció don Vicente Muñoz.

Diez meses habían transcurrido desde el terremoto cuando una mañana entró un hombre de sombrero, con mucha autoridad, a la barraca. No lo reconocí hasta que se identificó:

—¡Hola Félix, cómo está!

—Muy bien —respondí con cortesía.

—¿No me recuerda? Soy Vicente Muñoz, el hijo de don Simón.

En ese momento percibí mis pies tan inestables como el día del sismo. Debo decir que durante este tiempo yo había adquirido un desplante que me permitía tratar de igual a igual a cualquier persona, pero en ese momento, sentí un enorme vacío en mi interior. Respondí con cierta vacilación, mientras todos mis socios dejaron de hacer lo que estaban haciendo y se pusieron expectantes.

—Buenos días, don Vicente.

—Vi la casa de mi familia en el suelo, ¿Qué ha ocurrido con mi padre?

Su pregunta me dejó atónito. No podía creer que, después de transcurridos tantos meses, recién se preocupase por la suerte de su padre. Le respondí con una mezcla de pena y rabia.

—Don Simón falleció para el terremoto. Le cayó la casa encima.

Ahora fue él quien quedó desconcertado. Después de unos segundos me increpó.

—¡Y cómo no me avisaste, hombre!

—¡Pero si no sabía dónde vivía usted y aquí no tuve a quién preguntar su dirección en Santiago!

—¿Y cómo es que está funcionando la barraca sin mi autorización y dónde están las cosas de mi familia?

En este punto sentí que la sangre se me subía al rostro y respondí en el mismo tono.

—Desde que usted se fue, después de la muerte de su madre, su padre, enfermo, me confió a mí la administración de sus bienes. Ni usted ni su hermana regresaron para ver cómo se las arreglaba el pobre anciano para manejar sus asuntos y en vista de su enfermedad, me otorgó un amplio poder, que firmamos ante el abogado, que me permitía representarlo en los bancos, en las casas comerciales, con los proveedores.

—¡Pero, pero…!

—Y después de que su padre murió, nosotros, con los maestros aquí presentes, decidimos que, si ustedes no tenían interés, nosotros sí y levantamos el negocio que estaba en el suelo y lo echamos a andar nuevamente. En todo caso, hemos separado una parte de las ganancias para usted.

—¡Yo soy el que debe decidir qué parte de las ganancias me corresponde. Yo soy el dueño!

El tono de la discusión subió y en un momento uno de los maestros cerró el portón de la barraca y Clotario se acercó a don Vicente y como si estuviese partiendo un melón, le clavó un cuchillo, primero en el vientre y luego en el corazón. Mientras el asesino limpiaba el arma en la ropa del moribundo, como si nada hubiese pasado, el hombre abrió desmesuradamente los ojos y cayó. Yo, atónito, solo atiné a exclamar:

—¡Clotario, que has hecho, por Dios!

Fue Artemio el que respondió.

—Este hombre vino a matar nuestro sueño y no se lo íbamos a permitir, don Félix. Mientras usted discutía con él, decidimos tomar el asunto en nuestras manos.

—¿Y qué haremos con el cuerpo? —pregunté, ingenuo.

—De eso no se preocupe, nosotros nos encargamos —me dijeron, con una sangre fría que me hizo temblar, mientras arrastraban el cadáver hasta un rincón donde acumulaban la viruta y ahí lo hicieron desaparecer de la vista. Los rastros de sangre se cubrieron con aserrín de tal forma que si alguien entraba en ese momento a la barraca, jamás pensaría que se acababa de cometer un crimen.

Me quedó la sensación de que se trataba de un procedimiento habitual en mis socios para solucionar sus controversias.

Abrieron el portón y comenzamos a atender a los clientes como si nada anormal hubiese pasado. Claro que mis rodillas continuaban temblando.

Por suerte o por lo que sea, ese día el señor Aguayo estaba ausente porque había ido por verduras a los campos cercanos para vender en su negocito. Aparte de los que trabajábamos aserrando maderas, nadie más vio lo que ocurrió.

A mediodía, cuando fui a almorzar al hogar, no me atreví a decirle a Julia que me había convertido en encubridor o cómplice de asesinato.

Episodio V

EL REMORDIMIENTO

Continué trabajando en la barraca, intentando aparentar que no había pasado nada, pero mi conciencia no me permitía permanecer tranquilo. En mi interior sabía que debía denunciar el hecho a la policía, pero me invadía el miedo. Si fueron capaces de asesinar a sangre fría a don Vicente, bien podían hacerlo conmigo o con alguien de mi familia. Más que miedo, era terror lo que sentía. Por otra parte, si lo hacía, sería el término del negocio porque me vería obligado a entregarlo a sus dueños o a quien la justicia decidiera y por ningún motivo quería que eso ocurriera cuando todo estaba saliendo tan bien.

Los maestros continuaban trabajando como siempre y no me atreví a preguntar qué habían hecho con el cuerpo. En realidad prefería no saber. Mientras menos supiera, mejor, aunque reconozco que el asunto me intrigaba. Lo único que tenía claro era que don Vicente Muñoz ya no descansaba debajo de la viruta. ¿Dónde lo llevaron? Comentarios que escuché en la calle días después, hablaban de que habían encontrado partes del cuerpo de un hombre descuartizado, mordisqueado por los perros, entre los restos de animales que faenaban en el matadero. Por supuesto que no fui a verificar de quién se trataba.

Lo que sí me quedó más que claro fue que, si no tenías remordimientos, resultaba muy fácil asesinar a tus enemigos, fueran éstos comerciales, políticos, rivales de faldas o lo que fuera. Mientras permanecí en la barraca, nadie preguntó por don Vicente Muñoz y a nadie le extrañó que los antiguos empleados estuviésemos trabajando ahí sin alguien de la familia que guiara el negocio. Hasta muchos años después, no apareció nadie preguntando por el finado. Si eso ocurría, entre todos acordamos asegurar que nunca vino a la barraca.

Julia notaba en mí un comportamiento extraño y cada cierto tiempo me preguntaba qué me ocurría. Yo me escudaba en el exceso de trabajo. Ni siquiera a Remigio, con la gran amistad que nos unía, le había contado lo del crimen. Y decidí que no lo haría.

Y no lo he hecho hasta hoy, cuando incluí este oscuro episodio en mis memorias. Nunca lo comenté con nadie, menos aún con mis alumnos y he cargado con este sentimiento de culpa desde esa tarde trágica en la que vi morir asesinado a un hombre.

Durante las batallas en las que participé, maté enemigos, pero en primer lugar, era cumpliendo órdenes, segundo, fueron personas que, si les daba la ocasión, me mataban a mí y en tercer lugar, eran anónimos, seres de carne y hueso como yo, quizás padres de familia, esposos, hijos, vaya a saber uno, pero para mí no tenían nombre ni apellido, solo un uniforme que los convertía en mis enemigos. Lo de don Vicente era completamente distinto.

Pese a mis supersticiones y a los temores de una venganza divina, la barraca continuaba siendo un negocio floreciente. Poco a poco fuimos reconstruyendo la casa de don Simón y Julia quería abandonar las habitaciones del fondo y que nos estableciéramos en la casa grande, como la llamamos, pero yo me oponía. Pensaba que así como llegó don Vicente, podía aparecer misia Victoria u otro familiar y expulsarnos. Me parecía más prudente que ahí se alojase mi suegro con su hijo Luis y Remigio con Catalina, que, a raíz de su cojera, se había transformado en una mujer muy amargada. Yo la rehuía, al igual que su marido, al que yo le conocía su aventura con Lidia, su compañera del hospital, la misma de la que estaba enamorado y que dejó para volver con Catalina luego del terremoto. Lidia estuvo perdida unos días, pero, por lo que me contó Remigio, buscó protección en casa de unos familiares en un campo cercano para luego regresar a su trabajo en el hospital y el romance renació. Pienso que Remigio en cualquier momento iba a abandonar a Catalina, pese a que ella exhibía una notoria panza.

La casa del fondo, que yo sí sentía como propia, estaba bastante acogedora con las sucesivas reparaciones que le fuimos efectuando entre el señor Aguayo, Remigio y yo. Para cuando nació Felipito, mi primogénito, mis socios de la barraca fabricaron una cuna como regalo a la que le pusimos un colchón de lana. A Julia le gustó tanto, lo encontró tan blando, que compramos lana y ella fabricó uno para nosotros, que instalamos en la cama de don Simón, de madera tallada, muy bonita, que rescatamos de las ruinas. Poco a poco nuestra vida se iba transformando, aunque yo no lograba librarme del remordimiento que me corroía por dentro.

Terminaba ya el año 1823 cuando nos avisaron desde el puerto que había llegado en barco de monsieur Leblanc con un nuevo embarque de maderas y concurrí a recibirlo. Mientras descargábamos al *Bateau*, nombre de la nave, el francés me dijo que pasaría las fiestas de fin de año en Valparaíso y que si yo quería, podría viajar con él los primeros días de enero hacia Concepción. Me comentó que durante su último viaje visitó los bosques de don Simón, ubicados en Penco y que se veían muy abandonados. Salvo uno, un anciano medio decrépito, los demás trabajadores emigraron porque nadie les pagó sus salarios.

Debo decir que me costó convencer a Julia de la necesidad de hacer este viaje y más me costó que Artemio se hiciese cargo de la barraca durante mi ausencia, pero él mismo me dio una solución. Sin duda que Artemio era un excelente trabajador, con mucha iniciativa, pero analfabeto y yo algo le había enseñado de aritmética, por lo menos para que no lo engañasen con los pagos. Además de que disponíamos de muy pocos días como para ponerlo al tanto de los aspectos administrativos del negocio, que era lo que me correspondía.

La solución que me propuso durante una reunión, a la que invité al francés para explicar a mis socios las razones del viaje, fue que dejase a mi suegro a cargo de la administración durante la ausencia.

En esa reunión explicamos, junto al monsieur, lo mismo que él me comunicó; que el bosque estaba abandonado, que los trabajadores se habían ido por falta de pago y que tenía una cantidad de madera importante como para dejarla, madera que solo nos costaría la tala y el flete hasta Valparaíso. Muy rústicos serían Artemio y los suyos, pero se dieron cuenta que no podían dejar pasar esta oportunidad. Todos conocían el precio de la madera y además sabían que en el último tiempo nos costaba conseguir pino. La mayoría era roble americano que llegaba en los barcos provenientes del extranjero que venían a cargar trigo y que en sus bodegas traían esa madera como lastre. Era buena, pero los maestros se quejaban porque al trabajarla, se astillaba mucho y dañaba las manos.

Para que se entienda, debo aclarar que yo continué concurriendo a mis clases con Efrén Gómez, mi guía, con quien ya éramos bastante amigos, y rindiendo las pruebas a que me sometía míster Smith. Mis progresos en gramática eran evidentes, pero mucho más los de las aritméticas. Tanto que el inglés me había solicitado que fuese monitor de alumnos nuevos en esas materias, pero en ese momento debí negarme por falta de tiempo, pese a que uno de mis deseos era ser profesor para regresar a Vichuquén y enseñar a los niños. Pensaba que tal vez el padre Nicodemo ya estaría muerto o demasiado anciano y en el caserío no había nadie más que educase a los pequeños que, si no estudiaban, estarían condenados a seguir atados a la tierra que los vio nacer, no siendo más que peones de los Cuevas, esa familia que se creía dueña de todo.

En lo que a mí respecta, necesitaba ese viaje para evadirme de los problemas de la barraca, de la situación que afectaba a mis cuñados, pero sobre todo, para intentar olvidar el incidente que derivó en la muerte de don Vicente. Desde ese día me daba cuenta de que mi ánimo no era el mismo y necesitaba por lo menos intentar dejar ese fatal episodio en el pasado. Pero cada paso que daba dentro de la barraca me lo recordaba. Una noche desperté con pesadillas, viendo al muerto cubierto de sangre surgir de entre las virutas y apuntándome con el dedo. Mi grito despertó a Julia, a Felipito y tal vez a todos los demás que dormíamos bajo el mismo techo. Lo peor fue no poder comentar con nadie la razón de mi delirio.

El señor Aguayo estuvo muy contento de hacerse cargo de la barraca durante mi ausencia. No era hombre de muchos estudios, pero conocía bien los números y contra todas mis aprehensiones, se desempeñó con eficiencia y, lo más importante, sin conflictos serios con Artemio y su equipo.

Los primeros días de 1824 zarpé en el *Bateau*, de propiedad de monsieur Leblanc, rumbo a Concepción, cuando ya comenzaba una agitación en Valparaíso pues se comentaba que se estaba preparando una flota para intentar la captura de Chiloé. No dejaba de entusiasmarme la idea de embarcarme nuevamente, pero pensando que en mi viaje en la Expedición Libertadora estuve casi dos años fuera, creí que sería una gran irresponsabilidad de mi parte dejar a mi familia abandonada por tanto tiempo, sobre todo cuando mi mujer ya esperaba mi segundo hijo.

Dentro de las instrucciones que le dejé al señor Aguayo estaba que continuase dividiendo entre todos las ganancias de la barraca y que durante mi ausencia, que calculaba en dos meses, entregase a Julia la parte que me correspondía. Él como salario, recibiría una parte igual al resto mientras estuviese en ese puesto.

Tengo que decir que un nudo en el estómago se me hizo al momento de la despedida. Dejaba a toda mi familia cerca de un grupo de personas que, si bien tenían méritos de sobra en el desempeño laboral, me intimidaba su comportamiento como hombres. Eran de temer. En todo caso le dije a Julia que solo si fuese imprescindible acudiese a la barraca. Si les llegase a pasar algo, no me lo podría perdonar.

Tal como dije antes, nunca le expliqué ni a ella ni a nadie la causa de mis temores.

Episodio VI

CONCEPCIÓN

La navegación en verano resultó un verdadero placer, además que el francés se esmeró en brindarme buena comida acompañada de excelentes vinos. Por las tardes jugábamos dominó con otros tripulantes y pese a que perdí todas las partidas, las apuestas eran bajas, lo que no me ocasionó ningún trastorno financiero. Para el viaje saqué dinero de la parte que teníamos reservada para los descendientes de don Simón y confiaba en que pasaría bastante tiempo antes de que apareciese alguien preguntando por el anciano y su hijo. Si éste no sabía de la muerte de su padre, era de suponer que en su familia nadie lo sabía. Y como uno de los objetivos de esta travesía era olvidar ese asunto, hice lo posible por no acordarme.

Arribamos a Concepción para encontrarnos con una ciudad en la que aún se vivía el ambiente de guerra. Soldados caminando por las calles, cureñas lista para ser despachadas al frente, todo hablaba de ese conflicto entre realistas y patriotas que el gobierno no lograba controlar. Además ya se hablaba de la flota que llegaría pronto desde el norte para intentar nuevamente la captura de Chiloé, aún en manos de Quintanilla. Para mayor dificultad, desde la isla zarpaban varias naves con patente de corso otorgadas por Quintanilla que dificultaban el traslado de mercancías en la costa del Pacífico. Viendo la situación desde esta ciudad, puedo afirmar con certeza que con la caída de Lima no logramos la desaparición de los realistas, como suponíamos. Además se sabía que Freire enviaría, si es que ya no lo había hecho, más tropas para combatir al lado del general Bolívar porque tampoco se lograba controlar todo Perú.

Ya Leblanc me advirtió, cuando zarpamos desde Valparaíso, que teníamos que navegar con cautela para evitar las naves corsarias. Esta guerra parecía el cuento de nunca acabar. Solo un año antes se había conseguido la captura y ejecución en Santiago de Vicente Benavides, el líder realista, pero sus fuerzas continuaban luchando contra los patriotas, ahora dirigidas por el coronel Picó y un cura de apellido Ferrebú, lo que convertía a la zona en un gran regimiento desde donde se desplazaban las fuerzas chilenas para combatir contra los realistas que optaron por la guerra de guerrillas, es decir, pequeños destacamentos atacaban de improviso instalaciones patriotas, o asaltaban campos y ciudades, causando confusión y miedo, además de desabastecimiento porque lo campos no podían producir.

Debo reconocer que el ambiente bélico despertó mi nostalgia. Tenía veintiún años, dirigía una empresa a la que le iba bien, estaba formando una bonita familia, me estaba educando y sentía que mi vida iba muy bien encaminada. Pero no podía olvidar los años en la marina, los combates, la vida a bordo.

Esa noche dormimos en casa de Leblanc, una vivienda ubicada en los suburbios de la ciudad, que compartía con una muchachita indígena mucho menor que él. Por supuesto que no le pregunté, pero él me contó que estuvo casado en Francia, que tuvo un hijo, pero que muchos años antes dejó su país para embarcarse en busca de un futuro mejor, con la promesa de regresar millonario.

—¿Te das cuenta lo que es prometer eso? —me dijo —En ese momento me condené a deambular por los océanos buscando esa fortuna que, ya lo sé, nunca llegará.

—Pero puede regresar a su hogar, tal vez el dinero no sea lo más importante.

—Mi hijo ya debe estar grande y mi mujer, con seguridad, encontró con quién reemplazarme. No era de permanecer mucho tiempo sin compañía.

Todo esto lo hablaba en su peculiar idioma, en el que mezclaba expresiones en las más exóticas lenguas, lo que hacía muy difícil comprenderlo. Luego de una larga pausa continuó.

—Mañana saldremos temprano, deja tus cosas y tu dinero aquí, Melinka no tomará nada.

—¿Melinka?

—Sí. Nunca entendí su nombre y la bauticé con ese que escuché en alguna parte. Parece que es araucano. Como te decía, saldremos temprano y llevaremos comida para algunos días y dos escoltas armados. Los asaltos son frecuentes en estos caminos.

Al día siguiente, muy ligero de equipaje, sin portar casi nada de dinero y acompañados por dos hombres premunidos de fusiles, en sendos caballos iniciamos viaje rumbo al bosque de don Simón Muñoz.

Después de cabalgar en silencio casi media mañana, avistamos los pinos.

—Esa es la propiedad de monsieur Muñoz —me dijo apuntando con el dedo. —Son muchas cuadras que llevan bastante tiempo abandonadas. Lo terrible sería un incendio, lo que puede ocurrir porque los bandoleros de Benavides han quemado muchas extensiones para expulsar a los habitantes que no se les unen. Esperemos que en estas tierras no haya ocurrido nada desde mi última visita.

—Pero entiendo que Benavides está muerto…

—Pero no sus secuaces, que continúan una guerra que no tienen como ganar. Las tropas de la república están mejor preparadas. Por el lado de ellos combaten muy pocos españoles, la mayoría son chilenos realistas, bandidos oportunistas y hordas indígenas.

Al día siguiente salimos a recorrer los alrededores hasta encontrar un grupo de leñadores que el francés contrató en alguna oportunidad anterior, por encargo de don Simón, para tumbar los árboles que llevaríamos a Valparaíso. Hacia el mediodía los encontramos en un improvisado campamento forestal. Tratamos con ellos y muy pronto llegamos a acuerdo. Se reunirían al día siguiente con nosotros para que les dijésemos lo que queríamos derribar.

Por la noche acampamos bajo los árboles, turnándonos para la guardia y en cuanto amaneció comenzamos a marcar, con una pintura blanca que nos pasaron los leñadores, aquello que queríamos tumbar. Leblanc calculó en un centenar los troncos que cabrían en su nave, por lo que decidimos talar doscientos y así asegurar dos viajes.

En vista de lo enmarañado de la maleza, decidimos cortar desde afuera hacia adentro. Así sería más fácil desramar, descortezar y cargar sobre carretas para trasladar hasta el puerto, en Talcahuano.

El señor Meneses, jefe de los leñadores, se comprometió a tener en un mes listo para cargar en carretas el primer ciento. Los restantes estarían para el invierno y dependería de la estación lluviosa.

—Si llueve mucho, tardaremos más — nos explicó.

El bosque de pinos era prácticamente impenetrable, enmarañados de malezas. Tal como me lo anunciara el francés, solo quedaba en el lugar el anciano algo decrépito, que no se fue solo porque no tenía donde ir. Se alimentaba de hongos, conejos, pájaros que lograba capturar con rústicas trampas y algunas plantas que recolectaba en los alrededores.

Después supe que en las cercanías de ese lugar estuvo la ciudad de Concepción, hasta que la destruyó un terremoto y posterior maremoto, lo que obligó a cambiar su ubicación, para reconstruirla a orillas del río Bío Bío.

Casi una semana permanecimos con el francés y los guardaespaldas en el sector, hasta que los leñadores iniciaron la faena. Entonces regresamos a Concepción, con la idea de que Paul Leblanc consiguiera otro flete hacia Valparaíso.

Pero al arribar a su casa nos aguardaba una desagradable sorpresa. Estaba vacía y las pocas pertenencias que sobrevivieron al saqueo, se veían destruidas, como si un ciclón hubiese pasado por ahí. Y lo peor, no estaba Melinka.

Por supuesto no aparecía la alforja con mis pertenencia y en la que, a sugerencia de Leblanc dejé mi dinero. Sólo me quedaban unas pocas monedas que me sobraron del viaje a Penco. Ambos estábamos descorazonados. El capitán Leblanc murmuraba en francés y yo en castellano, pero el común denominador entre ambos era la pesadumbre.

No entendí los refunfuños del monsieur, aunque era claro que no eran de alegría. Yo, malpensado, supuse que Melinka, con la ayuda de algún cómplice, había aprovechado nuestra ausencia para robar.

Esa noche el capitán consiguió que un vecino nos acogiera. Nos dio una sopa, un vaso de vino caliente con naranjas y a dormir. El cansancio del viaje pudo más que el insomnio, pensando en qué haría para regresar a Valparaíso.

Al día siguiente nos dirigimos a Talcahuano donde permanecía anclado el *Bateau* y pronto Leblanc conversaba con otras personas. No tardó en conseguir un flete trasladando trigo. Partiríamos en una semana, luego que los dueños del producto terminaran de embolsarlo.

Algo más optimistas regresamos a lo que quedaba del hogar de mi amigo —luego de las peripecias vividas en

conjunto me sentía con la autoridad para llamarlo así— y nos esperaba una nueva y ahora grata sorpresa. Melinka estaba en casa y cuando nos vio, corrió a abrazar a Paul como si hubiesen transcurrido cien años desde nuestra partida. También me abrazó como si fuésemos grandes amigos. Me resulta imposible repetir lo que se dijeron pues, mientras el francés hablaba en la jerigonza de su lengua natal con otras aprendidas en sus viajes por los mares del mundo, ella respondía en una mezcla del que me imagino sería el idioma de los araucanos, con injertos de francés y castellano. En todo caso los gestos bastaban para dar cuenta del feliz reencuentro, aunque me resultase un dilema saber cómo lograban entenderse. Tampoco lograba entender la efusividad de su abrazo, cuando solo nos habíamos visto una vez.

Unos minutos después la mujer montó en un caballo y regresó más tarde trayendo mi alforja y un bolso con los bienes más preciados de mi amigo. Mis pertenencias estaban completas, hasta el último peso. ¿Qué ocurrió durante nuestra ausencia? Seguramente ella se lo explicó al francés, pero por supuesto no entendí nada y él no se tomó la molestia de repetírmelo.

Esa noche ella nos cocinó algo muy sabroso, pero como me ocurrió durante todos los días que permanecí ahí, no logré comprenderle ni una palabra, por más empeño que le puse.

Melinka era una muchacha de rasgos indígenas muy delicados y unos ojos negros vivaces. Llevaba su pelo negro tomado en un moño que cuando soltaba, le llegaba más abajo de la cintura. Bajita de estatura, vestía a la usanza indígena, con una falda hasta los tobillos y habitualmente se cubría con un poncho, aun cuando estaba en casa e hiciese calor.

Puedo decir que la semana que pasé junto a ellos fueron mis primeras vacaciones.

Luego de despedirme de ella, agradecer sus atenciones, regresamos a Talcahuano para iniciar el retorno a Valparaíso.

Llamó mi atención el aumento de la actividad en ese puerto sureño. Vi algunas naves de guerra, entre las que pude distinguir a la *Lautaro* y a mi querida *Independencia*. Preguntando por aquí y por allá supe que lo que me habían anunciado en Valparaíso, se estaba concretando. Se preparaba un nuevo ataque a Chiloé y otra vez la nostalgia me invadió, sobre todo cuando supe que el capitán Simpson, a bordo de la corbeta *Voltaire*, mantenía un bloqueo al archipiélago junto al bergantín *Galvarino*, esperando la llegada del grueso de la flota. El mar es como un vicio difícil de superar, pero saqué fuerzas de flaqueza y evité la tentación de visitar al capitán Foster, jefe de la expedición, para ponerme a su servicio.

Episodio VII

LA MALA SUERTE

Echamos ancla frente a Valparaíso a mediados de febrero y de inmediato me dirigí a mi hogar, para encontrarme con una nueva desgracia. Pocos días antes un incendio en el sector había arrasado con la barraca, mi casa y otras del vecindario. Como siempre la madera sucumbía frente a la fuerza incontrolable del fuego y junto a mis parientes sufríamos la pérdida de todos nuestros bienes. No eran muchos, pero conseguidos con esfuerzo. Lo que más me preocupó fue que mi familia no aparecía en el sector. Un vecino me informó que, al parecer, todos se habían salvado, refugiándose en casa de unos amigos, aunque desconocía su ubicación.

Pronto apareció el francés que con sus palabras extrañas intentaba dar tranquilidad a mi congoja. Por sugerencia de él nos dirigimos a la cercana casa de Artemio González, donde, para mi felicidad, estaban los míos. Julia corrió a abrazarme con mi hijo en brazos y su barriga ya formada. Ella lloraba y el niño la imitó. Más atrás salió Catalina, el señor Aguayo junto a Luis su hijo menor, todos cariacontecidos. Me imaginé que mi amigo Remigio estaría en su trabajo, pero al preguntar por él, Catalina también rompió en llanto y entre sollozos me dijo que, aprovechando el incendio, se había mudado a otra casa.

Para terminar de enmarcar este cuadro trágico, llegaron al lugar los demás trabajadores de la barraca y se peleaban por ser los primeros en preguntar qué haríamos ahora. Ni

siquiera el festivo Artemio, a quién parecían resbalar los problemas, mostraba un ánimo positivo.

Me pareció que una avalancha de desgracias se cernía sobre mí y sin las palabras de mi amigo francés, no hubiese sabido qué hacer:

—¡A ver, a ver! —me dijo en su mal español— En unos días recibirán un embarque de madera y podrán comenzar a trabajar. A nadie se le quemaron las manos ¿verdad? Y me imagino que ustedes —añadió, dirigiéndose a mis socios — tienen herramientas o saben quién las puede fabricar rápido. Mientras llega la madera, se preparan.

—¿Y dónde trabajaremos? —preguntó Artemio.

En ese momento recordé la bodega que arrendó don Simón mucho tiempo atrás y a la que no entrábamos desde que sacamos casi toda la madera que quedaba ahí después del terremoto. Jamás apareció el dueño a cobrar las rentas, tal vez muriese para el sismo, no lo sabía. Pudiese ser que todavía estuviera disponible. Sin perder tiempo nos dirigimos hacia allá. Entre los vecinos pregunté por el dueño y nadie supo dar una explicación; ya habría tiempo para buscarlo. Entonces procedimos a romper el candado cuyas llaves desaparecieron en el incendio, para encontrar un saldo de madera reseca, con algunas trazas de polillas.

—Algo se puede rescatar— aseguró Artemio, después de echarle un vistazo.

Al día siguiente nos pusimos en campaña para comenzar a trabajar. Junto con Artemio viajamos a caballo hasta Casablanca para comprar madera con el proveedor habitual, además de que en el puerto busqué a esos hombres que rescataban el lastre de roble americano y pino oregón que usaban los barcos y que nos serviría para solucionar el problema momentáneamente. Antes de dos semanas estábamos nuevamente atendiendo a nuestros clientes. Aunque esta bodega era un poco más pequeña, de igual forma

hicimos un espacio para que el señor Aguayo vendiese sus frutas y verduras.

El problema que persistía era el de nuestro hogar con Julia, que no estaba cómoda viviendo en casa de los González y la verdad es que yo tampoco me sentía bien. Teníamos costumbres distintas y la forma de solucionar controversias entre ellos, con gritos, malos modos y amenazas, digamos que no nos gustaba. Recordemos que Artemio vivía junto a su hermano Clotario, para mí un asesino, algo que no le podía decir a mi mujer y menos en ese momento. Me hubiese exigido una pronta salida de esa casa.

Por datos que me dieron, encontré una vivienda a medio construir cercana al Almendral. Busqué a su propietario pero no di con su paradero. Luego de varios intentos logré ubicar a una hermana que me contó que su pariente viajó a los Estados Unidos en busca de un mejor destino y que nunca más recibió noticias de él. La señora con sus hijos había regresado a Santiago, de donde era originaria y no pensaba volver a Valparaíso mientras no lo hiciera su marido.

La apuesta fue arriesgada, pero era la mejor opción en ese momento:

—Señora, le ofrezco terminar la casa para habitarla junto a mi familia. Perdimos la nuestra en un incendio y estamos de allegados donde unos amigos. Si su hermano regresa, le hago una oferta de compra. Si él tiene decidido radicarse en Estados Unidos, esta casa no le servirá pero el dinero sí. Y si desea ocuparla, se la devuelvo con todos los arreglos que haré para terminarla.

—Yo no veo inconveniente, siempre que cuando él regrese usted le devuelva la casa o se la compre. No sé, ahí verán ustedes como se arreglan.

—Lo que no quiero, es que su hermano vaya a pensar que indebidamente me apropié de su vivienda.

—No se preocupe. Soy mujer de palabra.

Sellado este trato, desde ese mismo día empezamos con el señor Aguayo y mis socios de la barraca a terminar la casa que en menos de un mes estuvo en condiciones de ser habitada. Era bastante grande y cómoda, por lo que cupimos los Aguayo y los Núñez sin problemas y manteniendo cierto grado de independencia mi familia con los otros parientes. Julia se manifestó feliz.

Para Catalina el parto estaba cercano y el señor Aguayo se haría cargo de buscar la comadrona para que trajese a este hijo sin padre al mundo. Remigio se había ido a vivir con Lidia, abandonándonos a todos, incluso a mí, que me consideraba su mejor amigo.

Pronto llegó el primer embarque de madera del sur en el *Bateau* y tanto la vida como los negocios retomaron su ritmo.

En mayo de 1824 comenzaron a regresar a Valparaíso las naves que participaron en el nuevo y fracasado intento por capturar Chiloé para Chile. Ahí supe que la corbeta *Voltaire*, al mando del capitán Simpson, fue arrastrada contra las rocas por un temporal, pero a él no le ocurrió nada.

Así continuaba mi vida. Trabajando en la barraca, cuidando de mi familia y con la marina siempre presente en mi mente.

Pasado el invierno llegó Paul Leblanc con el segundo cargamento de madera. Fue muy oportuno, porque ya nos quedaba muy poca y en los alrededores los precios habían subido mucho por la escasez. Pero traía una mala noticia. Quiso encargar a los leñadores la tala de otros doscientos árboles, pero exigieron un precio mayor que la vez anterior. El nuevo valor de la madera permitía pagarles, pero el francés no quiso asumir esa responsabilidad y me pidió que le acompañase a Penco para renovar el trato.

Poco le gustó a Julia que me ausentase, sobre todo cuando en breve daría a luz, más en realidad no nos quedaba otra. En vista del gran aumento de la demanda, se habían instalado varias barracas nuevas en Valparaíso y con más competencia era necesario rebuscárselas para poder competir. Los costos subían y los precios de venta bajaban y mis socios no terminaban de entender esta situación. Al final, para que nuestras partes no se viesen tan mermadas, decidimos no seguir guardando lo correspondiente a los descendientes de don Simón e incluso me exigieron que repartiese lo acumulado por ese concepto. Fueron negociaciones bastante complejas, sobre todo teniendo en cuenta que ellos no entendían mucho de aritméticas ni de mercado, así que fue necesario explicarles una y otra vez lo que ocurría.

Al final decidimos repartir la mitad de lo acumulado para los descendientes y reservar el resto para contingencias. Antes de partir hacia el sur cavé un profundo foso al fondo del patio de mi casa y ahí escondí, tanto mis ahorros, como lo restante de los Muñoz, salvo una parte que saqué para llevar en el viaje, además del dinero destinado a pagar a los leñadores y al francés por concepto de fletes.

El mismo día del reparto de la parte ahorrada, los hermanos González salieron de parranda. Unos golpes a medianoche en la puerta de mi casa me advirtieron que algo malo pasaba. Al abrir me encontré con el rostro desencajado de Martínez, otro de los socios, que muy agitado me dijo:

—¡Asesinaron al Artemio y al Clotario se lo llevaron preso!

No sé por qué sentí que en ese minuto el mundo se desplomaba bajo mis pies. Conociendo a los González, sobre todo a Clotario, muy aficionado a las pendencias, era esperable que un hecho así llegase a ocurrir, pero no me imaginé nunca que pudiese morir Artemio, el brazo derecho del negocio.

Me levanté a medianoche y junto a Martínez nos acercamos a la vivienda de Artemio para dar el pésame a la familia. Sentía que al mismo tiempo le daba el pésame a la barraca. Quizás no era el mejor momento para pensarlo, pero me daba cuenta de que el finado era el que movía al resto del equipo y el que controlaba los arrebatos de su hermano.

Al llegar a esa casa que poco tiempo antes acogía a mi familia, nos recibieron los gritos de dolor de la mujer del muerto. Parecía que ella creía que mientras más fuerte gritara, más creeríamos en el tamaño de su pena.

Luego de saludarla e intentar transmitirle conformidad por su desgracia, ella me invitó a pasar al interior y luego de servirme un vino con naranja, de inmediato disparó:

—¿Y ahora, quién se hará cargo de nosotros? ¡Sin el dinero ni de Artemio ni de Clotario no tendremos con qué vivir!

Guardé silencio durante unos instantes porque la verdad es que no iba preparado para eso. Si hubiesen tenido hijos adolescentes los hubiera invitado a trabajar con nosotros, pero los retoños eran pequeños. El mayor, que lloraba pegado a las faldas de su madre, no tendría más de unos ocho años.

Por suerte se me ocurrió compartir la responsabilidad con los socios sobrevivientes.

—Mire señora, después del sepelio, de cuyo costo se hará cargo la barraca, nos reuniremos los socios para buscar una solución. Usted sabe que ninguno de nosotros puede tomar una decisión sin el parecer de los otros.

De esa forma logré transmitirle un poco de tranquilidad a esa mujer que veía desmoronarse su mundo de improviso y que nos endosaba a nosotros su futuro.

Al final conseguimos, previo pago, sepultar el cuerpo en el costado de una pequeña capilla que se levantó después del terremoto y desde ahí partimos los socios sobrevivientes al local de la barraca para decidir cómo salir del entuerto.

Juan Martínez, el que me avisó del asesinato de Artemio y Marcial Méndez, un hombre huraño, que poco compartía con los demás, querían seguir igual, sin incorporar a nadie.

—Yo creo— dijo Martínez, —que debemos seguir entregando la parte a la viuda de Artemio y guardar lo que corresponde a Clotario hasta que recupere su libertad.

Con Belisario Astete, el otro integrante, nos miramos y él negó con un movimiento de cabeza que yo interpreté de inmediato.

—No he conversado el tema con Belisario, pero me parece que no es justo que nos saquemos la mugre por salir adelante con el negocio, teniendo que arrastrar con el peso de la viuda y del preso. Es triste decirlo, pero ellos se buscaron este problema y no creo que todos nosotros tengamos que pagar el precio.

—Pero hemos seguido guardando la parte para los hijos de don Simón, que nunca han trabajado aquí —argumentó Martínez, lo que me hizo enmudecer, porque decía algo cierto.

—Tiene razón, pero hasta cierto punto, Juan. Porque si bien es verdad que parte de ese dinero se ha guardado, tampoco se entregó todo y lo que se ha gastado ha sido en beneficio nuestro, no de los descendientes. Es más, el reparto de parte de ese dinero es el causante de este problema, porque sin él, Artemio y Clotario no hubiesen podido salir de parranda…

La discusión continuó y por un par de horas estuvimos en la controversia, acordándose al final que se separaría solo una parte para ambos hermanos y que la viuda de Artemio vería cómo se las arreglaba para repartirlo. En el plano más concreto, se hacía necesaria mi presencia en el sur para resolver el tema de los leñadores y acordamos nuevamente dejar a mi suegro a cargo de la administración de la barraca mientras durase mi ausencia. También resolvimos buscar un par de ayudantes para reemplazar al finado y a su hermano. Yo propuse dejar fuera del negocio a Clotario cuando recuperase su libertad, todos los ahí presente sabíamos que se trataba de un asesino y debo aceptar que su sola presencia me inquietaba, pero los demás se opusieron aunque en ese momento ni imaginábamos cuánto tiempo duraría su condena.

Subsanadas las diferencias, al día siguiente comenzamos a atender público sin mayores inconvenientes, lo que me dio cierto grado de tranquilidad para emprender el viaje. El señor Aguayo ya conocía bien el tejemaneje y no le costó asumir las riendas para que yo pudiese viajar en el *Bateau* con mi amigo Leblanc.

Uno de los temas más complejos para la actividad comercial era el de la fragmentación monetaria. En 1817 el gobierno de Chile acuñó la moneda de un peso, pero sin moneda divisionaria. Para esos efectos se continuaba utilizando las de cuatro, dos, uno, medio y un cuarto de real de la época colonial. Además algunos comerciantes, cuando requerían fracciones menores, utilizaban trozos de cobre acuñados con su nombre. Para una persona con conocimiento de las aritméticas no resultaba tan complejo, pero para aquel que no sabía de números era un rompecabezas que permitía a muchos inescrupulosos engañar a las personas.

Mi suegro ya manejaba con bastante fluidez ese tema, por lo que me daba mucha confianza dejarlo a cargo de la barraca.

Poco antes del zarpe nació mi hija, lo que me produjo cierto grado de tranquilidad porque pude estar cerca de Julia mientras daba a luz. La bautizamos Rosario del Carmen en homenaje a sus dos abuelas.

Episodio VIII

ASALTADOS POR CORSARIOS

Estábamos a comienzos de octubre y la nave del francés se encontraba estibada desde un par de días antes con barriles de vino y pólvora, que desde Santiago las autoridades enviaban para las tropas asentadas en Concepción. Leblanc, que aguardaba al nacimiento de mi hija y a que yo solucionase los problemas de la barraca, dilató al máximo el zarpe porque, pese a la diferencia de edad, entre ambos había surgido una sincera amistad. Mucho me parecía que él veía en mí a ese hijo que dejó abandonado en tierras lejanas y siendo sincero, yo lo sentía a él como un padre.

Julia con el niño a su lado y la guagua en brazos me despidió en el malecón y vi achicarse sus imágenes agitando pañuelos a medida que nos internábamos en el océano.

El suave viento permitía un viaje placentero y monsieur Leblanc, se empeñaba en hacerlo mejor aún, preparando algunos peces que capturamos desde la nave, acompañados de un excelente vino que el capitán guardaba para sí. Él ya me había dicho que el viaje hacia el sur tardaba un poco más que a la inversa porque se debía navegar contra una corriente que, como un río, se desplazaba de sur a norte.

Los primeros días transcurrieron sin ninguna zozobra, nada inquietante, pero al amanecer del tercer o cuarto día, no lo recuerdo bien, de improviso y desde detrás de la niebla matinal, apareció una nave que se abarloó a nuestro costado, mientras sus tripulantes nos apuntaban con mosquetes y una culebrina. Muy pronto apareció el que de seguro era su capitán y nos encaró.

—Vosotros que navegáis bajo bandera chilena, deberéis entregar la nave a su majestad el rey de España. Descended a los botes si no queréis morir aquí.

Muy pronto tres de los marineros nos abordaron mientras los otros continuaban apuntándonos y entraron en la bodega para salir gritando felices:

—¡Capitán, llevan vino y pólvora!

—¡Con mayor razón deberéis abandonar la nave! —gritó el capitán corsario. Hasta ese momento ninguno de nosotros había abierto su boca. Sorprendidos tan repentinamente, no sabíamos qué hacer. Entonces Leblanc intentó explicar en su lenguaje tan especial quién era él, que el *Bateau* era su nave, que no sabía lo que llevaba de cargamento y yo intenté aclarar los dichos de mi amigo pensando que no se daba a entender con claridad. Pero el corsario no estaba para explicaciones.

—Podéis sacar alimentos para un par de días y algo para que improviséis una vela. No me interesa que muráis, pero nada de armas.

Además de alimentos, yo tomé mi alforja y la puse entre las cosas que cambiamos de embarcación y así pude salvar el dinero que portaba.

Así, sin más y temiendo que me revisasen mejor y me dejasen sin el dinero, nos embarcamos en el único bote del *Bateau* los seis tripulantes, mientras varios marineros del barco sin nombre ni bandera que nos capturó, tomaban posesión de nuestra nave.

A último minuto, cuando ya se preparaban para abandonarnos, el capitán nos gritó:

—Habéis sido colaboradores, os acercaremos a la costa.

Ataron un cabo a nuestra proa y nos atoaron mar afuera hasta que en un momento soltaron el cordel y quedamos abandonados a nuestra suerte, viéndolos alejarse y sin saber a qué distancia de la playa nos encontrábamos, aunque Leblanc y los otros marineros supusieron que no estábamos lejos por la presencia de gaviotas y pelícanos.

Dos de los tripulantes instalaron la vela mientras los otros dos remaban con los únicos remos disponibles. Para esta función nos turnamos y así nos íbamos acercando a la costa, o al menos eso creíamos, sin saber en qué lugar iba a terminar nuestra aventura, porque pese a nuestros esfuerzos por controlar el bote, notábamos que la corriente nos arrastraba hacia el norte.

Remando, especulábamos respecto a la identidad del corsario. Algunos insistieron que se trataba del genovés Mateo Mainery que navegaba con una patente otorgada por Quintanilla, el gobernador de Chiloé, pero después supe que había sido capturado y entregado a una nave francesa que lo llevó a su país para ser juzgado. Mainery atacó muchas naves de banderas neutrales causando más problemas que beneficios a la corona española y asesinando a muchos inocentes.

Al atardecer bajó niebla y la noche nos sorprendió extenuados. Dormimos por turnos, si es que se puede decir dormir a cerrar los ojos con el ánimo de capturar un sueño que no llega. Hacia la medianoche el cielo se abrió y los marinos pudieron leer en las estrellas nuestra posición. Así supimos que estábamos casi frente a la desembocadura del río Maule, lo que se ratificó al amanecer, por el color barroso del agua.

Mientras navegábamos en esta deriva incierta, meditaba sobre los acontecimientos que me habían ocurrido en el último tiempo luego del asesinato de don Vicente Muñoz y, aunque no creía ser supersticioso, no pude alejar de mi mente que lo que me estaba ocurriendo era una maldición.

Claro que no comenté con nadie mi supuesto, pero me asaltó una terrible preocupación: ¿y si Clotario, al ser interrogado por la policía confesaba el crimen de don Vicente? A mi regreso me esperaría una celda por encubrir el hecho. En todo caso debo reconocer que en ese momento el salvar la vida ocupaba el primer lugar entre mis prioridades y pronto olvidé esa posibilidad.

Hacia mediodía divisamos la costa, pronto vimos la ría y después de sortear la fuerza del agua que penetraba en el océano, logramos atracar en un muelle. Estábamos en Nueva Bilbao.

Era un puerto pequeño, donde la pesca y los astilleros que utilizaban las maderas de la zona le daban su razón de existir. También se desarrollaba algo de actividad portuaria para el despacho de cereales cosechados hacia el interior y que se enviaban por vía fluvial por el río Maule hasta el puerto para ser despachados a Valparaíso y antes de la independencia, a El Callao. Pero el grave tropiezo era su barra. Marinos avezados de la zona nos dijeron que tuvimos suerte, porque muchas naves zozobraban al enfrentar el violento encuentro entre las aguas del mar y del río.

Cuando explicamos lo que nos había ocurrido a quienes circulaban por el sector al momento de tocar puerto, nos dijeron que era habitual que llegasen náufragos de naves capturadas por los corsarios que, desde Chiloé y desde Matanzas, cometían sus fechorías al amparo del gobernador Quintanilla. También nos dijeron que tuvimos suerte, porque a muchos los arrojaban al mar o los sorprendía alguna tormenta a bordo de los pequeños botes, naves incapaces de enfrentar la furia del océano.

Nos acogió una familia de Nueva Bilbao que, además de atendernos muy bien, me dio el dato de un aserradero en el que podría conseguir madera para vender en Valparaíso. Al día siguiente y acompañado por uno de ellos, me dirigí en un caballo de los gentiles anfitriones y con los proveedores acordamos un precio bastante conveniente, puesto a bordo en sesenta días. Ellos mismos me pusieron en contacto con una embarcación para que, en su momento, trasladase las maderas a Valparaíso. Eso era mucho mejor que regresar con las manos vacías. Sin duda que era bastante más dinero que el que deberíamos desembolsar al explotar los bosques que pertenecieron a don Simón Muñoz, donde la madera nos salía prácticamente al costo de la tala y el flete.

Luego de conversar con Leblanc, decidimos que yo regresaría a Valparaíso en un falucho que estaba a punto de zarpar y él lo haría hacia Concepción. Si no teníamos nave en la que embarcar la madera, de poco y nada serviría mi viaje al sur. Primero el francés necesitaba resolver esa situación y cuando eso hubiese ocurrido, regresaría a Valparaíso para volver a Penco a tratar el costo de la tala.

En casa todos se mostraron sorprendidos con mi prematuro regreso. Julia estaba feliz de verme nuevamente en casa y mi hijo me abrazó con tanto afecto, que me dieron deseos de no embarcarme nunca más y quedarme junto a los míos. Mi ausencia de menos de un mes, me permitió comprobar que el negocio marchaba bastante bien sin mi presencia y percibir cómo había crecido Rosario del Carmen en esos días.

Cuando narré mi aventura con los corsarios, mis socios se mostraron muy descorazonados porque no tendríamos maderas para vender, en circunstancias de que la demanda crecía día a día. En un comienzo y como para que resultase una sorpresa, omití contarles el arreglo al que había llegado en Nueva Bilbao, así que cuando se los dije, como que les volvió el alma al cuerpo, aunque lo que nos quedaba en bodega no alcanzaría para cubrir los sesenta días de espera hasta la llegada del pedido. Pero por lo menos teníamos una esperanza.

Lo que ocurrió después estaba fuera de mis cálculos. Una tarde apareció por la barraca Remigio Pérez junto a un oficial de marina de alta graduación. Luego de saludarnos con mucha efusividad con mi amigo, desaparecido desde que abandonó a su familia para unirse a su otra mujer, me explicó que el oficial que lo acompañaba necesitaba conversar conmigo.

Dentro de la barraca habíamos improvisado algo parecido a una oficina y ahí los hice pasar.

—Sargento Núñez, lo molesto en el nombre de la patria. — De partida quedé perplejo porque me daba el trato que recibía dentro de la marina y me preparé para lo que venía.

—Las cosas en el Perú no han resultado como se esperaba luego de la partida del general San Martín. Los realistas se han reagrupado y tienen en jaque al gobierno y por ende a nuestro país. Si España recupera el Perú, de inmediato tomarían la iniciativa para atacar las demás colonias de América y por supuesto Chile no desea eso. Por eso se está preparando una nueva expedición, ahora al mando del almirante Blanco Encalada, para ayudar a Simón Bolívar en su enfrentamiento con las tropas realistas. Y buscamos personas con experiencia, que ya hayan combatido en esas tierras. Para ser sincero, la situación económica del país no resiste otra derrota como la sufrida hace unos meses en Chiloé. Por eso ubiqué al sargento de sanidad Pérez y él me ha traído hasta usted. Sabemos que tiene una hoja de comportamiento intachable y que ha participado en muchas batallas. Reclutar novatos resulta a la larga más oneroso para las arcas fiscales.

Tal como dije antes, quedé perplejo. Jamás imaginé que la marina vendría a buscarme a mi trabajo para enrolarme y así se lo dije al oficial:

— En verdad estaba fuera de todos mis planes el regresar a la marina. Mi vida personal ha cambiado, estoy casado con dos hijos y al parecer con otro en camino, mi negocio marcha bien. Deme un par de días para pensarlo y preguntar a mi familia. ¿Cuánto tiempo se estima que durará la misión?

—No se lo puedo asegurar, pero no debería ser más de medio año.

—¡Medio año! Cuando fuimos con la Expedición Libertadora nos dijeron lo mismo y estuvimos casi dos fuera.

—Esto debería ser mucho más breve. Tal vez no haya ni que combatir. Las últimas noticias que hemos recibido es que Bolívar tiene a las fuerzas realistas encajonadas y que solo falta el golpe de gracia, pero en esto de la guerra, usted sabe que la balanza se inclina de uno a otro lado con mucha facilidad.

—Le repito, déjeme pensarlo y conversarlo con los míos. Debo buscar a alguien que haga cabeza en el negocio durante mi ausencia.

Mientras se realizaba esta reunión, yo veía los rostros expectantes de mis socios y del señor Aguayo mirando de soslayo. Por suerte mi casa ya no estaba junto a la barraca, porque no sé cómo lo hubiese tomado Julia si se lo comunicaba así a sangre fría, sin prepararla previamente.

Porque la verdad es que tenía mi decisión tomada. Desde que llegué a Valparaíso y me embarcaron a la fuerza, sentí que el mar era lo mío, que el océano me llamaba y me daba cuenta que cuando pasaba mucho tiempo sin sentir el vaivén de una nave bajo mis pies, comenzaba a desesperarme.

De igual forma tomé mis precauciones antes de comunicar mi decisión y llegué a casa con unos pasteles preparados por una señora que según ella, aplicaba una receta aprendida de las monjas carmelitas. Pero fueron los pasteles, un regalo inusual, los que pusieron a Julia sobre aviso.

—Muchas gracias, mi amor por este exquisito obsequio, pero ¿se puede saber qué está tramando?

Cuando terminé de contar lo que me había ocurrido unas horas antes, ella guardó silencio durante unos minutos, luego me dijo:

—Sé que no saco nada con intentar atarte. Ve con Dios, cuídate mucho y no olvides que te estaré esperando junto a tus hijos.

La abracé como nunca, con un enorme cariño porque, sin yo decir mucho, sin gastar demasiada saliva en súplicas y explicaciones, me había comprendido. Al día siguiente me dirigí a la Escuela de Jóvenes Guardiamarinas, que renovada el año anterior por el general Freire ahora se llamaba Academia Náutica, para ubicar al oficial que me visitara la tarde anterior y comprometer mi participación en esta nueva expedición.

Episodio IX

NUEVAMENTE PROA A EL CALLAO

Una vez que arreglé los asuntos con el oficial, pregunté por el capitán Simpson, de quién no tenía noticias y me dijo que también participaría en la expedición. Le dije que, de ser posible, me gustaría estar bajo su mando, que había luchado junto a él en la campaña al Perú y posterior viaje a México. Me respondió que no estaba dentro de sus atribuciones el decidir en qué nave se embarcaría cada cual, pero que intentaría acceder a mi solicitud.

Por fortuna el tema se solucionó solo, porque al momento en que abandonaba la Escuela, entraba el capitán, que me reconoció de inmediato:

—¡Núñez! ¿Qué vientos te traen por aquí, hombre?

—Los vientos de guerra, mi capitán. Estoy enrolándome para esta nueva campaña al Perú.

—Parece que te gustaron los aires limeños, sargento.

—Más los de Guayaquil, mi capitán —le dije, sonriendo. Parece que no comprendió mi comentario. Por supuesto que me refería a mi romance con Clara, concluido en forma tan trágica.

—Estaré al mando de la *O'Higgins* y me gustaría que fueras parte de mi tripulación.

—Le solicité al oficial de reclutamiento lo mismo, pero me dijo que no dependía de él.

—Acompáñame.

—A su orden, mi capitán.

Entró en la oficina de reclutamiento y pocos minutos después salió.

—Asunto solucionado. Navegarás conmigo.

—Muchas gracias, mi capitán.

Arreglada de esta forma mi reincorporación a la armada, usé los días que faltaban para embarcar en dejar resueltos los últimos asuntos de mi familia y de la barraca, entre estos, el traslado de las maderas comprometidas en Nueva Bilbao, puerto al que envié a Juan Martínez, por parecerme el más despierto de los socios. Nadie puso reparos a su designación y él se manifestó feliz con esta muestra de confianza. Juan, tiempo antes, se había unido a un grupo de estudiantes lancasterianos y ya sabía leer, escribir y algo de aritmética.

A fines de noviembre apareció un mensajero de la armada anunciándome que el día 28 debía presentarme en la *O'Higgins*.

La noche previa me despedí de mi familia, Julia preparó una cena especial a la que asistieron mis cuñados y mi suegro. De madrugada dejé el hogar para dirigirme al embarcadero. Desde ahí, en un bote, me trasladaron a la *O'Higgins*. Ya estaba a bordo el capitán Simpson, que me recibió con mucha cordialidad, como si fuésemos viejos amigos. En realidad, el haber estado presos juntos en México, donde compartimos intimidades familiares que van mucho más allá de las relaciones entre un oficial y un subalterno, nos permitía una mayor cercanía. Obvio que yo tenía muy claro mis límites.

Al que no encontré en la *O'Higgins* fue a mi amigo Remigio. Después supe que a él lo asignaron al *Galvarino*.

Luego de que se entregaran mis órdenes y me pusiesen al mando de un grupo de Tropa de Marina, esa unidad que debía estar preparada para combatir tanto en mar como en tierra, zarpamos en la madrugada del día 30 de noviembre. Pese a que ya el sol primaveral se anunciaba con su resplandor tras los cerros de Valparaíso, nadie acudió al malecón a despedirnos.

La escuadra navegaba al mando del almirante Blanco Encalada, marino avezado y estaba compuesta por la *O'Higgins*, la *Moctezuma*, la *Chacabuco* y el *Galvarino*.

Para mí este regreso al mar en una operación naval era lo máximo que podía pedir. Extrañaba este mundo tan especial, pese a conocer todas las ingratitudes que conllevaba la vida en altamar, pero como se suponía que la incursión sería breve, la asumía como un paréntesis en mi vida de comerciante. Tal como lo esperaba, pronto la monotonía se fue adueñando de la incursión y los días transcurrían preparando a los nuevos reclutas, que no eran muchos, aunque por órdenes superiores permanecíamos atentos a la eventual aparición de enemigos. Se hablaba de una flota española que estaría en estos océanos apoyando a las tropas realistas que en el Perú luchaban contra el general Bolívar.

Pero ninguna nave se oteó en el horizonte y echamos anclas frente a Arica sin mayores contratiempos. El almirante envió al capitán Simpson en un bote a tierra para preparar la aguada y me incluyó en la tripulación. Con solo poner pie en tierra vimos a una persona correr hacia nosotros. Se dirigió a Simpson y sin siquiera cuadrarse le dijo:

—¡Capitán, capitán! Mi sargento le manda a decir que las naves españolas están en Quilca.

Quilca es un pequeño puerto ubicado en la costa de Arequipa.

—¿Está seguro su sargento?

—¡Si, mi capitán! Anoche llegó un bote de pescadores changos proveniente del norte que informó eso.

De inmediato mi capitán me dio instrucciones de regresar en el bote a la *O'Higgins* y comunicar la noticia al almirante Blanco Encalada.

—Mientras tanto, yo prepararé la aguada y reúno las provisiones. Regrese por mí lo antes posible —me ordenó el capitán.

Abordé la nave capitana y me dirigí al almirante Blanco para comunicarle la noticia. De inmediato dio instrucciones de preparar el zarpe y a mí me ordenó:

—Sargento, regrese urgente por Simpson, carguen el agua y las provisiones que hayan logrado reunir y aborden. Zarparemos lo más pronto posible. No podemos permitir que se nos escapen las presas.

Así lo hice y en la tarde de ese mismo día la flota zarpó rumbo al norte. La idea del almirante era sorprender a los españoles en el puerto y atacar de inmediato. Por eso navegamos todas las naves en conserva, tratando mantenernos unidos.

Pero arribamos a Quilca el día 5 de enero y en el pequeño puerto solo descansaban al vaivén de las olas algunos botes de pescadores y las típicas balsas de cuero de lobo marino de los changos. Ni señas de otras naves. El almirante estaba furioso, suponiendo que la información que nos entregaran en Arica era errada y mal intencionada. Incluso dio instrucciones de prepararse para una eventual defensa, temiendo una trampa por parte de los españoles.

Cuando descendimos a tierra supimos la verdad. La flota española sí estuvo a la gira en Quilca y desde ahí zarparon con distintos destinos, Los últimos lo hicieron el día anterior a nuestra llegada. Lo curioso fue que no nos cruzamos con ninguno de ellos. Seguramente navegaron mar adentro para evitar un eventual encuentro.

Cuando Simpson regresó a bordo de la *O'Higgins* con esta noticia, el almirante enrojeció de rabia. Yo me encontraba cerca de él y pude ver su rostro desencajado, pero aún restaba darle la otra noticia que traíamos de tierra.

En un pueblo llamado Ayacucho, ubicado de Pisco hacia el interior, casi un mes antes, es decir, cuando nosotros navegábamos hacia el norte, se batieron realistas y patriotas y éstos últimos derrotaron definitivamente a las tropas del rey de España. Perú era libre otra vez. Digo esto pensando en que los marinos chilenos al mando del almirante Cochrane, junto a las tropas también chilenas que lucharon junto a cuyanos y peruanos dirigidos por San Martín, ya habíamos logrado poner en fuga a los realistas que huyeron hacia la sierra. Parece que quienes quedaron a cargo de consolidar esos triunfos fallaron. Si no ¿por qué volvieron a solicitar nuestro apoyo?

Además poco después supimos que esta victoria tampoco fue definitiva pues un importante contingente realista se hizo fuerte en El Callao y costó muchas más vidas y tiempo desalojarlos.

Ocurrió que mientras estábamos en Quilca, apareció por ese puerto la goleta *Serpiente de Mar* en la que navegaban enviados de los realistas peruanos que confundieron nuestras naves con aquellas que esperaban desde España para que apoyaran su causa. Cuando el capitán de la nave se dio cuenta de su error ya era tarde y los tomamos prisioneros. Desde la *O'Higgins* pudimos ver como uno de los tripulantes arrojaba al mar la correspondencia que portaba. Me imagino que serían secretos de estado que no podían caer en nuestras manos. Este funcionario, de apellido Bermedo, confirmó todo lo que ya nos habían informado. La derrota de Ayacucho y que los realistas se habían hecho fuertes en El Callao.

Cuando se divulgaron estas noticias, entre nosotros los tripulantes cundió el desconcierto. Si el general Bolívar ya había ganado la guerra, nuestra presencia estaba de más y lo único que restaba era regresar a Valparaíso. Nos imaginábamos que El Callao, convertido en un pequeño enclave realista y bloqueado por tierra y mar, no tardaría en rendirse.

La primera medida que tomó el almirante Blanco Encalada, después de una reunión con los demás oficiales, fue enviar a la *Chacabuco* de regreso para que informara a las autoridades chilenas de estos acontecimientos. Además decidió enviar a la *Moctezuma* rumbo a Guayaquil o al puerto donde se encontrara el general Bolívar, para felicitarlo por su victoria y recibir sus instrucciones con respecto a lo que debíamos hacer. Debo decir que cuando supe que el destino de esta nave era Guayaquil, mi corazón latió más fuerte. Pese a estar felizmente casado con Julia, no lograba olvidar a Clara y me hubiese gustado estar a bordo de la *Moctezuma*, desembarcar en Guayaquil y continuar buscado a la mujer que en algún momento de mi existencia me robó el corazón.

Por las informaciones que nos proporcionaron en tierra los funcionarios que estuvieron encargados de preparar el zarpe, supimos que parte de la flota española se dirigió a Chiloé, otra directamente a España vía Cabo de Hornos y una tercera a las Filipinas. Además zarpó una nave de bandera francesa, de nombre *Hernestine*, en la que viajaba el último virrey del Perú junto a una numerosa comitiva, rumbo a Europa.

Cuando lo supo el almirante envió al *Galvarino* tras ella, con orden de tomar prisioneros a todas las autoridades españolas que viajaban a bordo. Tiempo después, conversando con Remigio, supe que efectivamente el bergantín chileno consiguió a medias su propósito, porque alcanzó a la *Hernestine*, pero que el capitán francés exigió respeto por su bandera, además que los españoles viajaban con una autorización de los patriotas peruanos y no pudieron detener a nadie por temor a crear un conflicto internacional. Después de Ayacucho, vencedores y vencidos firmaron acuerdos que les permitieron a éstos últimos viajar a su tierra o permanecer en Perú, lo que escogieran y que se respetarían sus bienes o el derecho a llevárselos.

Por los siguientes días el único barco anclado frente a Quilca fue la *O'Higgins*, a la espera de recibir instrucciones. Resultó una espera tediosa.

Quilca era un caserío carente de todo. Además los realistas, antes de zarpar, cogieron todo lo que encontraron de valor y se lo llevaron junto a sus pertenencias. En cuanto a los soldados derrotados, cuando las naves con los españoles abandonaron el pequeño puerto, aquellos que no fueron embarcados se dispersaron por los alrededores y se dedicaron al pillaje. La población circulaba temerosa y solo los sacerdotes que permanecieron en el lugar se acercaron a nosotros pidiendo que tratásemos con humanidad a esas pobres gentes, la mayoría indígenas, que ya lo habían perdido todo.

Claro que de igual forma se produjeron abusos de parte de algunos de los nuestros. Éramos trescientos tripulantes y no se puede pedir que todos cumplan las normas. Siempre existen aquellos que creen que las reglas y las mujeres son para violarlas.

A su regreso, la *Moctezuma* traía instrucciones de unir nuestras naves a la flota que bloqueaba El Callao y el almirante Blanco dio instrucciones de zarpar. Ahí nos confirmaron que los realistas se habían hecho fuertes en ese puerto tan bien artillado y que, a cargo de un gobernador de apellido Rodil, se preparaban para defenderlo.

Pensé que una fortaleza, por muy bien defendida que estuviese, no podría resistir mucho tiempo un bloqueo por mar y tierra. Una vez más, me equivoqué.

Dentro de la instrucciones que recibió el almirante Blanco Encalada, según me confidenció el capitán Simpson, enviadas por el propio general Bolívar, estaba la de hacerse cargo de la flota conformada por naves grancolombianas, peruanas y las dos chilenas. Se trataba de una docena de barcos, entre fragatas, corbetas, bergantines y lanchas torpederas. Ahí supimos que sitiados en El Callao se encontraban más de nueve mil almas, entre civiles y militares. Muchos de ellos eran españoles de fortuna a la espera de una flota que el rey enviaría para recuperar el continente perdido por sus tropas.

De todos los bloqueos en los que me correspondió participar, éste fue el peor por la inactividad. Desembarcábamos poco, la situación en tierra era confusa, las tropas patriotas no lograban imponer su superioridad numérica sobre una población descorazonada por las carencias de alimentos, las enfermedades y el encierro. Las deserciones en ambos ejércitos eran frecuentes y muchas veces debimos capturar embarcaciones que por la noche se alejaban del puerto llevando a personas que no soportaban más el encierro, con todo lo que eso significaba. A nosotros a bordo, si bien no nos faltaba nada vital, también el tedio nos afectaba. Sobre todo que, al igual como ocurriera con el general San Martín, veíamos falta de decisión para poner fin a una situación que a todas luces estaba ganada.

Ninguna información de la que se recibía hablaba de una posible flota española que vendría a socorrer a los sitiados. Es más, las pocas veces que bajamos a tierra supimos que el gobernador Rodil enviaba fuera de las fortalezas a todo aquel que no estuviese en condiciones de ser un aporte para la defensa. Muchas mujeres, niños, ancianos, inválidos, enfermos, eran expulsados de los fuertes, obligando a los patriotas peruanos a hacerse cargo de ellos. En el último tiempo del sitio, algunos de los expulsados aseguraron que, después de comerse hasta las ratas, se estaban devorando los cuerpos de los muertos.

Nosotros capturamos alguna pequeña nave que pretendía romper el bloqueo, pero nada de importancia, nada que pudiésemos decir que pondría fin a la guerra. En esa situación se nos fue más de la mitad el año 1825. Los chilenos, hartos de una lucha que no lográbamos entender, solicitábamos a nuestros superiores el regreso a Valparaíso. Casi toda la actividad bélica se desarrollaba en tierra, donde eran frecuentes los mutuos ataques que nosotros apoyábamos con nuestras baterías desde el mar, pero al parecer sin causar ningún daño mayor, porque el enemigo no cedía.

Durante los pocos desembarcos fueron frecuentes las deserciones y supimos que entre las tropas de tierra sucedía lo mismo. La explicación que nos daban para permanecer ahí era la posibilidad del arribo de la flota real española, pero nosotros alegábamos y creo que con razón, que antes de llegar a El Callao tendrían que pasar por los puertos chilenos que en ese momento estaban casi indefensos. Tal vez por defender a los peruanos nos atacaban a nosotros.

A mitad de año nos correspondió participar en un intercambio de prisioneros y aparte de cañonear las posiciones enemigas, no hacíamos nada más.

En agosto, por fin, recibimos la noticia de que pronto regresaríamos a Valparaíso. Simpson me confidenció que espías chilenos cercanos al entorno del general Bolívar, le escucharon decir que el próximo paso era capturar Chiloé para que fuese incorporado al Perú. Blanco Encalada, informado de esta situación, decidió renunciar a la comandancia de la flota internacional argumentando que había recibido instrucciones de regresar a Chile. Nunca supe si de verdad existieron esas instrucciones, pero el almirante fue reemplazado por el inglés John Illingworth que quedó al mando de la escuadra. En todo caso tardamos más de un mes en poner proa a nuestro país.

Si al regresar a Valparaíso alguien me hubiese preguntado si había participado en alguna batalla, algún hecho importante, mi respuesta hubiese sido no. Para mí, 1825 fue perdido, salvo por lo que sucedió hacia finales de ese año.

Episodio X

A TOMAR CHILOÉ

Pese a todos los problemas, la población de Valparaíso seguía aumentando y por consiguiente la ciudad crecía. Las ventas de madera no mermaron durante mi ausencia, sino al contrario. El francés Leblanc consiguió una nueva embarcación y continuó abasteciéndonos. Había llegado a un arreglo con los leñadores de Penco y les cancelaba su trabajo cuando regresaba de Valparaíso. La misión que le encomendé a Juan Martínez resultó exitosa y volvió desde Nueva Bilbao feliz y ansioso de recibir una nueva orden similar.

El señor Aguayo, sobrepasado por el trabajo de la barraca, había cedido el negocio de las verduras a sus hijos Catalina y Luis para él dedicarse de lleno a la madera. Y lo estaba haciendo muy bien. Julia, mi señora, recibía la parte que me correspondía en el negocio y la verdad es que lo administraba con eficiencia, porque siempre tenía ahorros, por eso, pese al retraso en el pago de nuestros salarios en la marina, no pasábamos privaciones. El señor Aguayo anotaba todo en sus cuadernos y a mi regreso nos reunimos con los demás socios para recibir una cuenta a la que nadie puso reparos.

También se le entregó regularmente la parte a la viuda de Artemio que siempre la encontraba poca y eso que, según me contó mi suegro, ya había encontrado un reemplazo para el difunto. Según el señor Aguayo, el que más reclamaba era él. Por su parte Clotario continuaba encarcelado y al parecer nunca confesó el crimen de don Vicente, porque por lo menos a mí, nunca me molestó la policía por ese trágico asunto.

Por las tardes regresé a mis estudios claro que con un nuevo guía. Efrén Gómez, mi maestro, que además hablaba inglés, había conseguido un trabajo como intérprete en una minera inglesa que se había instalado cerca de La Serena. El nuevo, de nombre Néstor, resultó muy eficiente en los números y yo notaba que mis progresos, pese a las interrupciones por la guerra y los viajes, eran evidentes. En lo que se refería a lectura no tenía problemas. Me había acostumbrado a incorporar en mi equipaje libros que aprovechaba de leer en los ratos libres que a bordo eran muchos. Mi sueño seguía siendo convertirme en maestro y regresar a Vichuquén para enseñar a los niños de mi pueblo.

La política nunca fue una actividad que despertara mis simpatías, pero, al regresar de la incursión al norte nos encontramos con un país sumido en el caos económico y político. Económico porque la sucesión de guerras, la prevalencia de los intereses de los más acomodados por encima del bien común y la agricultura destruida por el bandidaje y los embargos para mantener a las tropas, tenían las arcas fiscales en la bancarrota. Como siempre, persistían los problemas para pagar salarios de marinos y soldados y al caminar por las calles quedaba en evidencia la precaria condición de vida de muchos habitantes.

Por otra parte, los políticos no lograban ponerse de acuerdo con respecto al sistema de gobierno que debía regir al país. Se aprobaban y desechaban constituciones de efímera vida. Un grupo propiciaba el gobierno federalista como el que existía en los Estados Unidos y que se pretendía imponer en el Río de la Plata y que, por las noticias que llegaban desde Cuyo, tenían al país dividido y empobrecido por una sucesión de guerras civiles. Otro grupo quería que se mantuviesen sus prebendas y así, el país fraccionado en múltiples grupos, continuaba en la pobreza y la incertidumbre.

Muchas naves provenientes de Europa o Estados Unidos cargadas de telas, cristalerías, muebles finos y otros artículos refinados, llegaban a Valparaíso y durante unos pocos días mantenían una importante afluencia de clientes, pero pronto, las pocas personas con dinero como para pagar por esas cosas, adquirían lo que les gustaba y las naves quedaban durante largo tiempo a la gira esperando que llegasen más clientes. Antes, cuando ya lograban copar el mercado chileno, continuaban a El Callao, pero ahora con la guerra en Perú, preferían permanecer en Valparaíso a la espera de que mejoraran las condiciones en el norte. Algunos viajaban hasta Huasco, donde la minería de la plata y del cobre estaba enriqueciendo a algunas personas.

En la práctica, a nosotros también nos favorecía lo de la minería. Una tarde, después del arribo de una nave proveniente del norte, apareció por la barraca un hombre de aspecto muy humilde que dijo venir de parte de un importante minero. Nos entregó una lista de maderas que necesitaba, explicándonos que viajaría a Santiago por negocios y que a su regreso las retiraría. En conjunto con él sacamos la cuenta y le pedí que nos anticipara la mitad del valor. De una alforja que portaba sacó un saquito repleto de monedas de plata con un cuño que yo no conocía y me dijo que separara el total del valor de su pedido por si le pasaba algo en el camino. Prefería asegurar el suministro de la madera. Como ni él ni yo conocíamos el valor de transacción de esa moneda, ambos nos dirigimos donde un orfebre conocido mío que evaluó por su peso el contenido del saquito, de donde también salieron unas pocas piezas de oro. Quedamos asombrados. El hombre de aspecto tan humilde, que dijo llamarse Juan Laguna, era portador de una fortuna, cuyo valor era evidente que él desconocía.

Pensando en que podía ser presa fácil de bandidos o embaucadores, lo invité a mi casa a la espera del carruaje que lo trasladaría a la capital. Cenamos algo que nos preparó Julia y luego durmió en una habitación preparada para estos casos. Nuestra casa nos permitía ciertas comodidades que nunca antes tuvimos.

Después de la cena y durante la tertulia a la luz de la vela, me contó que en realidad no venía de parte de nadie, que él era el dueño de una mina de plata que encontró después de muchos años de exploraciones y que prefería hacerse pasar por un empleado tratando de disminuir el peligro de ser asaltado. Por lo mismo vestía de forma modesta aunque pensaba que, llegando a Santiago, donde tendría una reunión con un banquero, se compraría ropas, zapatos e iría a la barbería. No está demás decir que no sabía ni leer ni escribir y que sus conocimientos de las matemáticas solo le permitían calcular el peso de sus extracciones. Me contó que, con muchas dificultades, había aprendido a sumar.

Después de escucharlo, me daba lástima saber que podía caer en manos de alguno de esos banqueros inescrupulosos que habían surgido en el último tiempo y que se aprovechaban de la ignorancia e ingenuidad de sus clientes, por eso me atreví a ofrecerle que, si lo deseaba, podía dejar parte de su dinero en mi casa, que yo se lo cuidaría durante su ausencia. El hombre, muy agradecido y muy confiado, porque ni siquiera me pidió un recibo, accedió. Por supuesto y por lo que pudiera ocurrir, yo sí le entregué un comprobante.

Así era la nueva aristocracia que se estaba formando en el país. Yo no me podía considerar uno de ellos, pero tenía claro que mi situación económica, sin ser brillante, me convertía en un privilegiado.

Después de un par de meses de regreso en Valparaíso la rutina estaba volviendo a mi vida. Conseguir madera para vender, atender a los clientes, despachar y todos los pasos que involucraba el negocio, se adueñaban nuevamente de mi existencia. Claro que ahora con la eficiente ayuda de mi suegro, convertido en un puntal del negocio y de Juan

Martínez, al que envié un par de veces más a Nueva Bilbao por madera. Frente al aumento de la demanda, contratamos cuatro personas más y compramos otros carretones para hacer los repartos de mercaderías. Además, por sugerencia del señor Aguayo, incorporamos otros artículos como clavos y herramientas. Los socios estaban muy contentos, Todos se estaban construyendo nuevas casas en un terreno que compramos en conjunto y salvo la viuda de Artemio que no paraba de quejarse, los demás no disimulaban su satisfacción y trabajaban con mayor empeño. A mi suegro lo habíamos incorporado como uno más en esta sociedad tácita para la que nunca habíamos firmado papel alguno y recibía una parte igual al resto de nosotros, los que refundamos la barraca de don Simón a partir de los escombros que dejó el terremoto.

Terminaba octubre cuando nuevamente apareció por el negocio un oficial de la marina. Esta vez venía solo. Yo había escuchado que se estaba organizando otra flota para capturar Chiloé. También sabía, desde que estuve en el Perú, que Simón Bolívar tenía la intención de incorporar la isla a territorio peruano, por lo que no me llamó la atención el planteamiento del oficial.

—Buenos días, sargento Núñez. Me imagino que adivina lo que me trae por aquí.

—¿Necesita madera? — pregunté, con sorna. El oficial sonrió.

—No por el momento. La patria necesita nuevamente de sus servicios.

Yo me había jurado que nunca más regresaría al mar como combatiente y mi respuesta inicial fue negativa.

—Lo siento, sargento. No le puedo aceptar un no como respuesta. Usted tiene firmado un contrato con la armada y si no lo respeta por las buenas, deberé obligarlo.

—Pero ese contrato terminó cuando regresamos del Perú...

—No, sargento. Ese contrato no tenía fecha de expiración. Decía que se mantendría vigente "mientras la patria lo necesitase".

No podía creer lo que me estaba ocurriendo. Si me embarcaba, me hubiese gustado que fuese por mi propia voluntad, pero ahora me veía forzado por un contrato (que nunca leí, debo reconocerlo) y que me mantenía atado a una institución que ni siquiera terminaba de pagar los salarios de la última campaña. Y así se lo dije al oficial, que me respondió.

—El dinero que se le adeuda se le cancelara antes de que se embarque en la nueva misión.

—¿Y se puede saber cuál es esa nueva misión?

—Incorporar Chiloé a la patria — me respondió, cuadrándose militarmente.

—Por supuesto no quiero caer en un desacato, pero usted comprenderá que no puedo abandonar mi negocio de la noche a la mañana, por mucho que ame a la patria.

—Por eso no se preocupe. Tiene hasta mediados de noviembre para arreglar sus asuntos.

—La primera vez me enrolaron a la fuerza, sacándome de una cantina. La segunda y la tercera lo hice por amor al mar y a la patria. Pero que me obliguen, créame que me molesta. Es como volver al comienzo.

—Lo entiendo, sargento, pero debo notificarle las consecuencias de su eventual desacato. En unos días más lo visitaremos nuevamente y le daremos fechas más exactas. Buenos días. —Diciendo esto se marchó, dejándome con una enorme rabia.

A la hora de almuerzo comenté con Julia lo que me había ocurrido y ella, que al parecer me conocía más que yo mismo, me dijo:

—Aparentas una rabia que no sientes. Quizás te molesta la forma en que te lo dijeron, pero tú y yo sabemos que estarás feliz de participar en esa expedición.

—Pero los dejaré a ustedes…

—Ya lo hiciste antes y regresaste muy feliz del Perú, aunque no hayas participado en batalla alguna, lo que me alegró mucho saber, porque entiendes que te amo y sufrir tu pérdida para mí y tus hijos sería una gran tragedia. Pero te gusta el mar, te gusta el olor a pólvora, te gusta el peligro.

Diciendo esto, me abrazó y me besó casi con furia.

Si alguna duda me quedaba, desapareció cuando a la semana siguiente llegó a la barraca el mismo oficial, pero ahora acompañado del capitán Simpson. Nos abrazamos como viejos amigos y luego de los saludos, de alabar el negocio, me dijo.

—El teniente Gamboa dice que está reacio a partir al sur, sargento Núñez. Le aseguro que navegará a mi lado y si es necesario pedirle permiso a su señora, lo acompaño a su casa.

Reímos de buena gana con el comentario del capitán, expresado en su castellano cada vez mejor pronunciado, ahora casi perfecto.

—Capitán lo espero a cenar esta noche en mi casa no para que me pida permiso, porque me mando solo, sino para que conozca a mi familia y hagamos recuerdos de nuestras peripecias.

—¡Encantado, sargento! Aunque no le creo eso de que se manda solo.

—Lo espero en mi casa a las siete. Aquí está anotada la dirección.

Para mí el capitán Simpson era un héroe y no todos los días se tiene el privilegio de poder invitar a uno a cenar a su hogar. Corrí a casa para decirle a Julia que preparase una cena especial para un invitado también especial, sin decirle que se trataba de mi capitán.

Como buen inglés, a las siete en punto golpeó la puerta. Cuando le dije a Julia que estaba frente al capitán Simpson, de quién tanto le había hablado y con quién habíamos compartido jornadas inolvidables, casi se desmaya de emoción. Llegó junto a un marinero que conducía el carruaje. Nada me obligaba a atenderlo en mi casa, pero no podía olvidar mi pasado y le dije a Julia que lo recibiese en la cocina. Tampoco lo podía sentar a la mesa junto al capitán.

Durante la cena, en la que hicimos recuerdos y relatamos peripecias vividas tanto cuando navegamos juntos como cuando lo hizo cada uno por su cuenta, realizó un comentario que me dejó meditando:

—Una de las cosas que más me ha llamado la atención en Chile es el aprecio por lo foráneo, sean personas o cosas. En mi país yo sería uno más, en cambio aquí, el solo hecho de ser extranjero me abre puertas que, percibo, están cerradas para la gente del país. Yo no soy mejor ni peor que ustedes. Tampoco soy necio como para desaprovechar las oportunidades que se me presentan, pero insisto en que me extraña la pasión de los chilenos por lo que viene de fuera. Y no todo es de lo mejor.

Mi mujer quedó fascinada por la elegancia, la prestancia, la sencillez y la jovialidad de don Roberto Simpson, que de ahí en adelante no perdía ocasión de pasar por la barraca a saludar cuando estaba en Valparaíso y por las noches la cena era obligada en mi hogar. Como miembros de la institución, éramos jefe y subalterno. Como seres humanos, fuimos grandes amigos.

Por supuesto que después de la visita del capitán, si mi mujer tenía algún reparo a mi partida, desapareció. Comencé a preparar mi viaje y a dejar todo en manos de mi suegro, que ya manejaba el negocio mejor que yo, como si fuese de él.

Luego de las despedidas, el día 17 de noviembre me dirigí al puerto para embarcarme en la *O'Higgins*. La primera sorpresa fue encontrar que el nombre de la fragata estaba cambiado. Ahora se llamaba *María Isabel*. Fue una de las repercusiones de la abdicación del Director Supremo, ahora residiendo exiliado en el Perú. El jefe de la escuadra continuaba siendo el almirante Blanco Encalada y mi capitán Simpson estaba a cargo de la nave, unidad que yo conocía de memoria. Las tropas de tierra eran dirigidas por el propio general Freire.

Mi gran duda, aunque no tenía por qué importarme, era de dónde saldrían los recursos para financiar esta nueva aventura bélica. En verdad no me importaba mucho el pago de mi salario, mi situación económica me permitía cierta holgura, el temor se encaminaba al descontento de las tropas de tierra y de mar si los de ellos no eran pagados a tiempo. Ya había visto muchos conatos de motín y la posibilidad de fracaso de las campañas por estos motivos. También fui testigo de la apropiación del *Araucano* por parte de la tripulación para transformarlo en barco pirata. Y sabía que no era la primera vez que eso ocurría.

Pero, según me contó el capitán Simpson cuando le expresé mi inquietud, el general Freire tenía una carta bajo la manga que fue el descubrimiento de la mina de plata de Arqueros, cerca de Coquimbo, que comenzó a entregar los recursos necesarios, más el aporte de algunos magnates de la minería. Ahora, si esos recursos iban a ser bien utilizados, yo humilde marinero, no tenía como saberlo.

Episodio XI

ASALTO Y CAÍDA DE CHILOÉ

El 27 de noviembre de 1825 iniciamos esta nueva aventura para la conquista del último enclave español en el Pacífico sudamericano, aparte de El Callao, cuya caída era inminente cuando regresamos desde el Perú, algunos meses antes, pero que no terminaba de concretarse.

La escuadra, que protegía a cinco transportes que trasladaban a 2.600 soldados, estaba compuesta por la *María Isabel,* al mando de Roberto Simpson, ahora capitán de fragata, los bergantines *Aquiles y Galvarino* y las corbetas *Independencia y Chacabuco.* Esta última zarpó con anticipación y la misión de conseguir la rendición de Quintanilla antes de iniciar el ataque. Es obvio que fracasó. El gobernador realista no estaba dispuesto a entregar su archipiélago tan fácilmente, sobre todo porque lo había defendido con éxito por tantos años.

Al momento de zarpar la instrucción fue reunirnos todos en Corral, donde se nos darían las últimas órdenes.

Según supe, los jefes eligieron estas fechas porque el fracaso de la misión anterior se debió, en gran parte, a las tormentas invernales que azotaron la zona y que impidieron llevar a cabo la estrategia diseñada. Se suponía que el término de la primavera y comienzos del verano nos favorecerían. Pero el clima sureño es impredecible y una tormenta nos dispersó, obligándonos a abandonar la conserva y continuar cada uno por su cuenta. Esto significó que se tardó una semana en reunir nuevamente a todas las naves en Corral.

Para mí, que había recorrido el Pacífico desde California hasta Chiloé, sin duda que las aguas más peligrosas y veleidosas eran las de este lado. Además que el frío nocturno, las lluvias en cualquier estación del año, las islas de distintos tamaños y roqueríos dispersos por todos lados, obligaban a navegar con mucha cautela. Sabíamos que era muy difícil que encontrásemos naves de guerra españolas, aunque siempre circulaba el rumor sobre la gran flota que preparaba el rey de España para recuperar sus territorios de ultramar.

Al parecer, a todos nos resultaba difícil de creer que un imperio tan grande como el español se desintegrase con tanta facilidad. En treinta años se diluía lo que costó tres siglos construir.

El 18 de diciembre arribaron a Corral los rezagados y los jefes se reunieron para definir la estrategia que desplegarían. Para mi estaba claro que, luego de los fracasos anteriores, esta era la última oportunidad de conquistar Chiloé. Por todo lo que se escuchaba en Valparaíso me daba cuenta de la pobreza extrema en la que se encontraba el país y un nuevo fracaso representaría un terrible impacto a las finanzas, por mucho que se hubiese descubierto una nueva mina de plata.

Por lo que supe por un ordenanza del general Freire, la idea de éste era efectuar un ataque masivo directo a San Carlos de Ancud, que era la fortaleza mejor artillada y ubicada frente al fuerte Ahui, pero Blanco Encalada lo persuadió de aplicar la estrategia aprendida del almirante Cochrane y desembarcarnos en un lugar llamado Puerto Inglés, donde las naves no quedarían expuestas al fuego de los fuertes. Y así se hizo.

El principal problema que presentaba este lugar eran las fuertes marejadas. Cuando echamos los botes al mar, se sacudían como si fuesen hojas al viento. Algunos de nuestros marinos cayeron al agua, aunque no tardaron en ser rescatados. Mayores dificultades se presentaron con el desembarco de las tropas de tierra, menos acostumbradas que nosotros a estas sacudidas oceánicas. Además no estábamos del todo libre de las baterías del fuerte Ahui, ese donde nos derrotaron durante la incursión que hicimos con mi almirante Cochrane y el teniente Miller. Era un lugar que me traía recuerdos nefastos porque tenía muy presente las vidas que nos costó y cuánto luchamos por rescatar al teniente, gravemente herido.

Con frecuencia recordaba al teniente Miller. ¿Qué sería de su vida? ¿Continuaría luchando junto a Bolívar o en algún combate se le habría terminado esa suerte que le permitió sobrevivir a tantas heridas?

Pero conseguimos tomar la playa sin mayores contratiempos. Mis instrucciones eran mantener a mi gente en ese lugar, cuidando la retaguardia de las tropas de tierra que deberían internarse hasta capturar el pequeño fortín llamado Coronel, lo que lograron con prontitud porque sus pocos defensores se replegaron en cuanto vieron la magnitud de nuestro desembarco. Solo las tropas de tierra eran cerca de trescientos hombres, sin considerarnos a nosotros, una treintena más.

Entonces nos instruyeron de apoyarlos en el ataque a otra fortaleza, de nombre Balcacura. Si lográbamos ese objetivo, Ahui quedaría aislado.

Para este asalto nos tuvimos que poner a las órdenes del coronel José Aldunate, al que yo no conocía y bajo una lluvia torrencial avanzamos hasta llegar al fuerte y efectuar el asalto final que resultó muy exitoso. Creo que los realistas que lo defendían no imaginaron que con ese clima lo intentaríamos y logramos sorprenderlos. Recordé las arengas del almirante Cochrane que nos hablaban de la sorpresa como una de las mejores armas.

Cuando el fuerte ya estuvo en nuestras manos, las Tropas de Marina de la *Santa Isabel* recibimos instrucciones de regresar a la playa para reembarcarnos. Así, bajo una lluvia incesante, volvimos a nuestra nave, donde nos esperaba un caldo caliente y vino con naranjas. El calor volvió rápidamente a nuestros cuerpos entumidos y húmedos. La mayoría de nosotros estábamos con deseos de combatir que quedaron frustrados al ordenársenos el regreso a bordo.

Para mí el cerco de Ahui constituía un éxito personal. La derrota anterior la consideraba la peor de mi carrera como marino y ahora esperaba que el triunfo final llegara pronto. Consulté un calendario y estábamos a 12 de enero de 1826. Después de un año que consideraba perdido, éste comenzaba muy auspicioso.

Mientras el resto de la flota bombardeaba Ahui, la *María Isabel* inició un recorrido por la zona, creo que buscando el mejor lugar para desembarcar ahora que las tropas de la fortaleza asediada no podrían ir en apoyo de sus compañeros.

Cuando regresamos a Ahui para apoyar a las otras naves, nos encontramos con que dos de nuestros barcos sufrieron daños por las descargas desde la fortaleza, además del asedio de las cañoneras equipadas por Quintanilla para defender su plaza. Incluso nosotros recibimos algunos tiros efectuados desde Ahui. Pienso que eran los aleteos del desesperado.

El almirante Blanco decidió enviarnos de noche, en todos los botes disponibles, para atacar a las cañoneras que causaban estragos entre nuestras naves. La operación le fue encargada al capitán Bell. Aprovechando la oscuridad, nos acercamos con sigilo a las naves enemigas, con los remos forrados en tela para disminuir el ruido, truco que ya habíamos aplicado en El Callao. Al parecer los realistas solo contaban con una pequeña guardia nocturna. En la penumbra divisamos seis embarcaciones. Nos dividimos en dos e iniciamos un ataque relámpago que sorprendió a los tripulantes de las cañoneras, seguramente agotados después de un día de disparar contra las naves patriotas. De las seis embarcaciones logramos capturar tres, con un costo humano muy bajo. Un muerto y un puñado de heridos. Las lanchas que lograron escapar se dirigieron hacia un sector llamado Pudeto.

Esta victoria nos levantó más el ánimo, pues el enemigo quedaba prácticamente sin posibilidad de defensa en el mar, lo que nos permitiría desembarcar un poco más lejos, con menos riesgo de sufrir los ataques de la artillería realista emplazada en los fuertes.

Al día siguiente nos embarcaron a las Tropas de Marina de la *María Isabel* en las lanchas torpederas capturadas al enemigo y nuevamente al mando del capitán Bell iniciamos un recorrido disparando contra todas la fortalezas que defendían los últimos vestigios del poder español en América. Tal vez el ver sus propias naves tripuladas por el enemigo descorazonó más a las tropas del rey que respondieron con tibieza nuestro fuego.

Mientras nosotros hacíamos esto, Freire atacaba desde tierra en Pudeto, obligando a un desordenado repliegue a las tropas reales que se internaron hacia un lugar llamado Bellavista, donde se hicieron fuertes.

Nosotros, después de concluida nuestra labor, anclamos frente a San Carlos de Ancud. Detrás nuestros lo hicieron los demás navíos de la flota patriota, apuntando todos sus cañones a la fortaleza.

Supimos que temprano por la mañana del día 15 de enero las tropas del general Freire enfrentaron a los restos del ejército de Quintanilla en Bellavista, logrando una victoria total. Las tropas realistas que no fueron muertas o heridas, huyeron en desbandada hacia los bosques cercanos. También supimos que el heroico gobernador español, que durante casi una década defendió su plaza, se retiró hacia Castro con el ánimo de seguir luchando, pero sus tropas ya no resistían más y se rindió.

Curiosamente, la última fortaleza en arriar la bandera fue la de Ahui. Sin escapatoria por mar y rodeada por tierra, a sus defensores no les quedó más que entregarla.

Esa noche las tropas de tierra celebraron con todo la victoria. A nosotros, los tripulantes, no se nos permitió desembarcar con el ánimo de que la eterna rivalidad entre marinos y soldados no se hiciera presente en riñas de borrachos, pero al día siguiente salimos a recorrer esas lejanas tierras en las que habían quedado los cuerpos de muchos de los nuestros en tantos años de lucha. Solo en esta última incursión el recuento final habló de más de ciento veinte muertos y el triple entre las tropas realistas.

Lo primero que llamó mi atención fue percibir pocos habitantes, la mayoría niños. Algunas personas con las que conversé me explicaron que los reclutamientos forzosos que hizo Quintanilla durante los años que estuvo a cargo de la isla, mermaron significativamente la población masculina, muchos de ellos cayeron en los combates y otros jamás regresaron a sus hogares. Y la casi total inexistencia de mujeres en las calles se debía a que permanecían encerradas en sus casas por temor a los invasores, como ellos nos consideraban. Con el paso de los días las chilotas comenzaron a asomarse y muchos de nuestros soldados y marinos, luego del triunfo, desertaron para quedarse y formar hogar en Chiloé, donde abundaba el género femenino.

También despertó mi curiosidad lo escéptico que se mostraban los pobladores frente al gobierno de Chile. Sin duda que los realistas deben de haberse expresado muy mal de las autoridades chilenas, pero no vi en estas gentes ningún deseo de pertenecer a la nueva patria. Todos se sentían súbditos del rey de España. Para ellos Chile era un lugar remoto, ajeno.

El otro hallazgo que hice durante mi caminata por San Carlos de Ancud, fue encontrar, junto a muchas otras naves acodadas unas a otras, al *Bateau,* la goleta de mi amigo Leblanc. Preguntando a personas que trabajaban en el puerto, me explicaron que muchas eran de las capturadas por los corsarios autorizados por el gobernador y que fueron ancladas ahí a la espera de darles un uso. Como la isla estaba cercada, les resultaba muy peligroso hacerse a la mar en ellas, además que si eran capturados por naves patriotas, los acusaban de piratería y la condena era la muerte.

Por la noche, de regreso en la *María Isabel,* conversé con el capitán Simpson para explicarle mi hallazgo.

—Mi capitán, resulta que paseando por la costa encontré el *Bateau,* la goleta de mi amigo francés Paul Leblanc, esa que nos fue arrebatada por los corsarios. Seguramente debe recordar el episodio que le relaté cuando tuve el honor de recibirlo en mi hogar.

—Lo recuerdo perfectamente ¿Y?...

—Si hacemos aguada en Talcahuano me gustaría ir a Concepción para avisarle a mi amigo.

—Aún el almirante no me ha dado las instrucciones para el regreso, pero lo que podemos hacer es que mañana bajemos a tierra, hablemos con quién corresponda para que nos entregue algún documento que le permita a su amigo francés rescatar la embarcación. Seguramente en el caos que se producirá al cambiar el gobierno de la isla, alguien puede disponer de lo que no le es propio.

—¡Como usted ordene, mi capitán!

Y así se hizo. Por la mañana descendimos en un bote y luego de una caminata encontramos la nave de mi amigo, Simpson conversó con la persona a cargo del lugar, le explicó la situación y obtuvo un papel firmado en el que se acreditaba que la nave *Bateau* pertenecía al ciudadano francés Paul Leblanc.

Simpson hizo especial hincapié en la nacionalidad del propietario.

—Al tratarse de un extranjero, si alguien se adueña de la nave puede provocar un conflicto internacional. —aseguró al funcionario, que lo miró con desdén.

No creí que pudiese llegar a tanto, sobre todo que Leblanc ya tenía otra embarcación y con seguridad no iba a crear un conflicto por su antigua nave, pero si el capitán lo decía, mejor era acatar.

El 16 de enero de 1827 se firmó el Tratado de Tantauco que puso fin a la guerra y el 30 del mismo mes nos embarcamos de regreso. Pese a que el almirante deseaba un pronto retorno a Valparaíso, la escuadra hizo dos breves detenciones para informar el éxito de la misión en Valdivia y Talcahuano, tan breves que no alcancé a visitar a mi amigo Leblanc para comunicarle la buena nueva.

En Valparaíso fuimos recibidos como héroes, no solo por las autoridades, sino que también por la gente común, los pescadores, los estibadores, los comerciantes. Todos gritaban ¡viva Chile! y aplaudían a medida que descendíamos de las naves. Creo que en el fondo lo que todos anhelábamos era el fin del período de guerras que tanto daño causaban a la economía del país. Chile debía dinero a acreedores de todo el mundo y pagar esos compromisos significaba sacrificar a los chilenos con más impuestos y menos beneficios.

Parece común que los combatientes no entendamos bien la importancia de la lucha a la que somos arrastrados por los jefes o los políticos, pero al igual que cuando cayó

Valdivia, la captura de Chiloé y la incorporación a territorio chileno era muy importante, porque la recepción fue apoteósica.

Además de que durante todas las misiones que se hicieron para capturar la isla cayeron muchos patriotas y tal vez sus deudos ahora sentían que su sacrificio no fue en vano.

Después de cuatro meses de ausencia, en casa me esperaban mi mujer, mis dos hijos y la agradable noticia de la venida de un tercero. Con Julia nunca nos pusimos metas en cuanto a los hijos que pretendíamos engendrar, pero tres nos parecía un buen número. No pude disimular la alegría que me producía este nuevo embarazo para cuyo parto no faltaban más de dos o tres meses. La barriga de mi mujer se disparó durante mi ausencia y yo nada supe al momento de partir hacia el sur.

A mi regreso también supe que, casi al mismo tiempo que Chiloé caía en nuestras manos, las tropas del general Bolívar conquistaban El Callao.

América del sur era libre del poder español. Ahora se podría trabajar en paz o eso pensaron las autoridades que muy pronto desmantelaron la flota, nos liberaron de los contratos y pagaron nuestros salarios. Muchos marinos quedaron a la deriva y otros se embarcaron en naves mercantes o se dirigieron a luchar al amparo de otras banderas, como ocurrió con el capitán Simpson, que viajó a México para enlistarse en la flota de ese país.

Episodio XII

UNA GRAN TRISTEZA

De regreso y aparentemente sin guerras en el horizonte, me dediqué a trabajar en el negocio que cada día incorporaba más materiales para construir. La madera fue con lo que nos iniciamos, pero ahora el yeso, los clavos, el temple, herramientas y muchas otras cosas completaban nuestra oferta. Nunca imaginé que la prosperidad podía ser tan generosa con nosotros.

El problema estaba con Julia. Tenía un muy mal embarazo, con muchos problemas y la comadrona, la misma que la acompañó en las gestaciones anteriores, me anunciaba un parto difícil. No quedé conforme con este diagnóstico y busqué a mi amigo Remigio en el hospital San Juan de Dios para que me recomendase a otra mujer dedicada a traer niños al mundo. Me envió a misia Ester, de mucha experiencia según me dijo y ella ratificó lo que me dijera la anterior. La situación se veía compleja. Incluso sugirió el aborto como alternativa, aunque por lo avanzado de la gravidez, podía ser muy riesgoso.

Conversé con mi mujer y ella resolvió que el embarazo seguiría adelante y dejaba en manos de Dios lo que ocurriera. Incluso agregó:

—Si te ves en la disyuntiva de decidir entre la vida de la guagua o la mía, no dudes ni un segundo en preferir la del niño.

Era una situación compleja. Intentaba imaginarme a cargo de la educación de tres hijos sin la ayuda de Julia y el solo pensamiento me abrumaba. En verdad, a medida que se acercaba el momento del parto, mi estado de ánimo se veía más afectado.

Cuando ubiqué a mi amigo Remigio para pedirle ayuda, hacía bastante tiempo que no lo veía porque él logró zafarse del llamado para ir a la guerra en Chiloé. Durante la misión lo busqué, más nadie supo darme alguna pista. Lo imaginaba embarcado en otra nave como ocurriera cuando fuimos al Perú, pero no fue así. Se las ingenió para permanecer en su trabajo.

En este tiempo él había cambiado nuevamente de pareja. Ya no era Lidia, con la que había terminado y estaba unido a Marta, una mujer muy simpática.

Con el paso de los días la barriga de Julia crecía y sus malestares también. Llegó el día del parto y acudió misia Ester. Luego de preparar los elementos necesarios, tener agua caliente, paños y todo lo que era menester en estos casos, se encerró con Julia y una ayudante en nuestro dormitorio, mientras el señor Aguayo, Carolina, yo y algunas vecinas esperábamos en el pequeño salón de nuestra casa. Conocedor de los problemas del embarazo, mis nervios no resistían más.

Antes de que misia Ester comenzara, entré en la habitación y besé a Julia, lo hicimos con gran ternura y debo decir que se me escaparon las lágrimas. Un negro presentimiento me turbaba.

Lamentablemente tuve razón. Transcurrido un tiempo que me pareció eterno, salió la partera con el rostro acongojado y con una guagua llorando en brazos, que me pasó para que la tomara.

—Aquí está su hija —me dijo, con el rostro contrito —pero no tendrá madre. La señora Julia no resistió el parto.

El otoño nunca fue más triste para mí, una sensación extraña me invadió. Le devolví la niña a la comadrona y corrí al interior de la habitación para ver a mi mujer acostada en el lecho, como durmiendo, salvo porque los paños que la rodeaban estaban bañados en sangre. No soporté la imagen y comencé a gritar como un loco, profiriendo maldiciones contra la matrona, contra Dios y contra la Virgen que me arrebataban lo que yo más quería.

Sin saber por qué, salí a la calle y comencé a caminar sin rumbo sin percatarme de que me seguía Luis, el hermano menor de Julia, pues el resto de la familia permaneció junto al cuerpo de mi amada. Caminé hasta la barraca, donde en ese momento trabajaban mis socios y los otros obreros y mirándolos me puse a llorar en forma desconsolada. Luis les explicó lo ocurrido y todos se acercaron a abrazarme diciendo palabras de consuelo.

En algún momento mi cuñado me tomó del brazo y me invitó a regresar a casa:

—Es terrible la pérdida de mi hermana, pero están tus tres hijos incluyendo la recién nacida. Creo que tu deber, ahora más que nunca, está bajo ese techo.

Me llamó la atención el comentario de Luis. Hasta ese momento lo tuve por un muchacho mimado por su padre, pero ahí me di cuenta de que había madurado. Antes no era mucho el contacto que tuve con él y ahora percibía el cambio y sentí su afecto muy cercano.

Lo seguí como un sonámbulo hasta el hogar, donde ya habían llegado vecinos y Remigio, que por la ayudante de misia Ester se había enterado del desgraciado desenlace. Desde que abandonó a Catalina no aparecía por nuestro hogar, pero entendí que en este momento no quiso dejarme solo. Tampoco mi ánimo estaba para poner atención al trato entre los antiguos novios.

Tres días después efectuamos los funerales en el primer cementerio que el año anterior se fundó en Valparaíso. Era un camposanto para católicos y pese a que no éramos muy cercanos a la iglesia, el sacerdote a cargo la aceptó porque con frecuencia colaborábamos cuando nos pedían ayuda para diversas obras. Pero dejar el cuerpo de mi amada en la tierra no significaba que se terminaban los problemas. Ahora me veía enfrentado a preparar para la vida a tres hijos, un hombre y dos mujeres. A la recién nacida la bautizamos Julia, igual que su madre.

Estaba como ciego, sin capacidad para ver cómo solucionaba la situación que se me venía encima. Y la solución llegó sola. Una semana después de la muerte de Julia se acercó a mi Catalina, mi cuñada, que me planteó:

—Félix, no lo tomes como un reproche, pero tienes a tus hijos abandonados. Pasas encerrado sin ir a trabajar, pero tampoco te preocupas de los que más te necesitan. Mi padre está a cargo de la barraca y requiere de tu apoyo. Vengo a ofrecerte hacerme yo cargo de tus hijos. Son mis sobrinos, los he visto nacer y crecer y tengo la experiencia de la crianza de mi hijo. Así podrás regresar al trabajo y de alguna manera olvidar este triste episodio que ha venido a ensombrecer nuestras vidas.

Catalina era una mujer a la que los atractivos se le desvanecían, pues cargaba un terrible complejo a raíz de su pierna rota, lo que la había dejado renga para siempre. Pero continuaba siendo bella. Desde el terremoto arrastraba esa amargura y su personalidad, otrora festiva, había trocado en una pesadumbre que salpicaba a todos los que la rodeaban. Quizás eso, junto a la otra mujer, se conjugaron para que Remigio la abandonara y por lo mismo ella nunca logró encontrar pareja, pese a ser una mujer aún joven y atractiva, siempre que cambiara el rictus amargo de su rostro.

La oferta de Catalina me hizo reaccionar. Me hizo ver que no sacaba nada con continuar auto flagelándome por la muerte de mi mujer, una opción que teníamos muy clara antes de que se produjese el desenlace. Además muchas mujeres morían al momento de parir, arrastrando al hijo que portaban en su vientre con ellas. Por lo menos me quedaba el consuelo de Julita, así que acepté y al día siguiente regresé a la barraca. Lo primero que les dije a mis socios fue:

—Amigos, agradezco todas las muestras de pesar que me han dado, pero quiero pedirles que, por favor, no me traten con lástima. Si estoy de regreso es porque he decidido superar el terrible dolor que la partida de Julia me ha causado y porque quiero que mis hijos la recuerden como la mujer alegre que fue. Así que, por favor, nada de compasión ni de palabras lastimeras. Muchas gracias por su comprensión.

Una semana después apareció por Valparaíso mi amigo Leblanc con su carga de madera. Lo primero que hizo fue darme el pésame por la muerte de mi mujer, pero muy pronto cambió a una conversación festiva en la que relataba sus últimas aventuras, sus encuentros amorosos y anécdotas varias, seguramente la mayoría inventadas, con las que entretenía a sus interlocutores, siempre atentos a sus historias. Era un hombre acostumbrado a verle el lado bueno a la vida. No había ocurrido nada especial, pero hasta las situaciones más banales las convertía en graciosas en su mezcla de lenguas y por el tono jocoso de sus relatos.

Cuando le conté que en Chiloé encontré su nave, saltaba de alegría. Quería zarpar de inmediato y que yo lo acompañase para ayudarlo en el rescate. Le pasé el documento que me entregara la autoridad portuaria que le permitía reclamarlo. Él insistió en mi compañía y el señor Aguayo, presente en la conversación, me dijo:

—Aproveche, Félix, el viaje le servirá para cerrar este episodio que a todos nos ha causado tanta tristeza.

Esa noche conversé con Catalina, que también estuvo de acuerdo y decidimos con monsieur que el lunes de la semana siguiente zarparíamos rumbo a Chiloé.

Episodio XIII

UNA AVENTURA INESPERADA

Pese a que navegamos en pleno invierno, a que un par de temporales no demasiado violentos intentaron causarnos inquietud, nunca imaginé que este viaje podría servirme de tal forma para apaciguar mi espíritu, tan quebrantado por la muerte de Julia. El frio lograba trasmitirse a mi ánimo que, envuelto por el océano, me mostraba mi propia insignificancia. Una parte importante de mi vida se había ido con mi mujer, pero quedaban esas huellas imborrables que son los hijos para llenar de alguna manera el tremendo vacío que me dejara la ausencia de Julia.

Por las noches lloraba en mi camarote, pero durante el día intentaba evadir mi dolor y disfrutaba de lo que la naturaleza ponía ante mis ojos. La muerte me había hecho un guiño cercano y eso invitaba a gozar de aquellas pequeñas cosas que el destino me mostraba.

Un día conversando con Leblanc, me dijo:

—Usted no estará mucho tiempo solo. Muy pronto tendrá una nueva compañera.

—¿Y cómo lo sabe, monsieur, es usted adivino acaso?

—No, pero me bastó con ver en el puerto la mirada de la dama que se quedó a cargo de sus hijos, para comprender que ella está enamorada de usted.

—¿Quién? ¿Catalina, mi cuñada?

—Me parece que era ella, una que rengueaba un poco al caminar.

—Pero esa mujer carga un gran dolor por lo que le ocurrió durante el terremoto y que la dejó coja. Además se casó con mi mejor amigo y él la abandonó. No desea saber nada con los hombres. Y a mí no se me ha pasado por la cabeza una relación con ella.

—Puede ser, pero los dolores que ella arrastra, amigo mío, se curan con amor. Con amor correspondido. Y si de algo he aprendido en la vida, es del amor. ¿No ve que los franceses somos expertos en esa materia? —agregó, riendo.

Me dejó confundido la aseveración. Tantos años junto a Catalina y nunca vi en ella alguna manifestación hacia mi persona. Claro que era la hermana de mi mujer y vivíamos bajo el mismo techo, pero…La vida daba tantas vueltas. No era fea mi cuñada, tal vez amargada y quizás Remigio no encontró la tecla justa para que sonara la pianola de su corazón. Y yo sin percatarme, tal vez tenía acceso a esa tecla. Además estaban los niños que necesitaban a alguien que se preocupase de ellos y Catalina se mostró, desde el primer momento, dispuesta a hacerse cargo. Pensándolo bien quizás mi amigo francés, experto en amores como se definía, tenía razón.

Con pensamientos más positivos, que de alguna manera alejaban de mí el fantasma de la muerte, transcurrieron los días hasta que avistamos los fuertes, ahora con bandera chilena, que anunciaban que estábamos entrando en San Carlos de Ancud.

Esa noche descendimos con Leblanc y cenamos en una cantina del puerto. Él se perdió con una muchacha que ofrecía sus servicios en el local. Yo preferí regresar al *Bateau II* a dormir. Mi ánimo no estaba para aventuras amorosas.

En todo caso, desde que puse un pie en tierra pude percibir que el ambiente en la isla estaba bastante enrarecido.

Desde Chiloé algunos oficiales del ejército, descontentos con el gobierno central, propiciaban el regreso de Bernardo O'Higgins al poder y estaban formando un ejército que apoyara su iniciativa. Por lo que pude escuchar, aseguraban que el único que podía poner orden al caos político era el ex director supremo. Frente a la pobreza y la destrucción que se percibían a cada paso, era evidente que el ambiente de guerra no abandonaba a la isla y me invadió una sensación extraña, como si nuestra lucha por liberar Chiloé nunca hubiese ocurrido y estuviesen esperando al enemigo.

Por la mañana nos dirigimos al sitio en el que había visto la nave de Leblanc y a la persona que se encontraba en el lugar le mostramos el documento firmado por el funcionario de ese lugar, casi un año antes.

—Ahí están todas las naves que van quedando. Ojalá encuentren la que buscan —nos dijo, dejándonos preocupados.

Recorrimos la costa en la que permanecían una veintena de embarcaciones acodadas, en distinto estado de conservación, pero ninguna era el *Bateau*. Regresamos donde el funcionario, que nos explicó que en el desorden que se produjo durante los primeros días, en que muchas personas atacadas por corsarios llegaron al lugar en busca de sus pertenencias, no hubo un buen control. Leblanc estaba molesto y en francés increpó duramente al funcionario. El hombre, que seguramente no entendió ni una letra de lo que le dijo mi amigo, ni se inmutó.

—Pero elija la que más le guste y se la lleva. El orden previsto se perdió y ahora es por orden de llegada— concluyó, impávido.

Con Leblanc comenzamos a recorrer el lugar, revisando las naves una a una hasta que él encontró dos que estaban en mejores condiciones.

—Ninguna está como mi *Bateau,* pero esas dos son las que se encuentran en mejor estado — dijo al encargado del puerto.

—Si quiere, se lleva las dos. Por mí, mientras antes desaparezcan, mejor— dijo el funcionario.

La cara de mi amigo se transformó y una amplia sonrisa mostró que pocos de sus dientes sobrevivían dentro de su boca. Manifestó su alegría con una larga cadena de expresiones en francés o vaya a saber uno en qué idioma, de las que nada entendí.

Las naves, abandonadas quizás por cuánto tiempo, necesitaban urgentes reparaciones para que pudiesen navegar hasta Concepción, por lo que permanecimos casi un mes en Chiloé, primero buscando un carpintero que hiciese los arreglos y luego recorriendo varias islas del archipiélago en la nave de Leblanc. Aproveché estos viajes y establecí contactos con aserraderos de la zona para adquirir madera.

En mis andanzas conversé con muchas personas y de todas escuché la misma queja: el gobierno de Chile los había abandonado.

—¿Para qué conquistaron la isla, si nos iban a dejar botados? —preguntó un funcionario de un local que expendía alimentos y cuyas alacenas estaban casi vacías.

—Estábamos mucho mejor con Quintanilla —expresó otro.

Nadie, ni las autoridades nombradas desde Santiago parecían estar contentos con el cambio. Por lo mismo muchos de los habitantes continuaban sintiéndose súbditos del rey de España y anhelando la llegada de esa flota que vendría a liberar los territorios americanos de los patriotas. Como que todo justificaba el deseo de algunos militares de patrocinar el regreso de O'Higgins.

Yo, como participante en la campaña que costó muchas vidas, me sentía engañado por las autoridades de mi país que reclamaban nuestra sangre para luego dejar abandonadas las conquistas, cuyo alto precio habíamos pagado con esa misma sangre.

En todo caso, para que los chilotes no pensaran en forma tan negativa, intentaba explicarles cuál era la realidad del país, pero costaba hacerles entender que estábamos en la bancarrota, que tantas guerras habían agotado las pocas reservas de las que se disponía y que los impuestos tenían agobiados a los chilenos. Ellos no tenían la culpa de las decisiones que se tomaban a mil leguas de distancia.

Con frecuencia regresábamos donde el carpintero para ver el avance de los arreglos. Las dos goletas estaban en tierra, recostadas sobre un costado mientras los maestros raspaban algas y moluscos, cambiaban los tablones podridos y sellaban con filástica las junturas entre ellos. Cuando ya estaban por concluir los arreglos, embrearon con prolijidad los cascos que quedaron negros como noche sin luna. Leblanc se mostró muy satisfecho con los arreglos.

En las tres naves regresamos a Concepción, con tripulaciones que el francés contrató para la travesía. La primavera comenzaba a mostrar sus primeras señales cuando arribamos al puerto para dejar las nuevas goletas. Dos días después, luego de visitar la casa de mi amigo en la que Melinka nos atendió muy bien, regresamos a Chiloé para devolver las tripulaciones contratadas para el transporte de las *Bateau III y Bateau IV*, los originales nombres elegidos por el capitán para su flota. Como el viaje era breve, Leblanc invitó a su compañera.

El mar no estaba quieto, pero los días soleados permitieron un viaje placentero que la mujer gozó en plenitud. En Chiloé solo nos detuvimos para hacer aguada y que descendieran los pasajeros. Pronto iniciamos el viaje de regreso. En ese momento solo quedamos a bordo Melinka, Leblanc y yo en un viaje que fue una locura. El francés sacó unas botijas de vino que guardaba en la bodega y bebimos a destajo. Creo que necesitaba una liberación así. En algún momento, Melinka algo le dijo al capitán que aceptó riendo. Ella se desnudó por completo, ató un cordel a su cintura y se arrojó al mar, donde nadaba como un delfín.

El cuerpo desnudo de la muchacha me excitó. Cuando ella regresó a bordo, habló nuevamente con Leblanc en ese idioma incomprensible y él riendo, accedió, porque vi su gesto afirmativo con la cabeza. Entonces ella se arrojó sobre mí, me desnudó y me violó, mientras yo, avergonzado, miraba de reojo a mi amigo cuya mujer me estaba poseyendo. Él, desde el timón, reía al ver mi cara compungida. Cuando todo hubo acabado, me sugirió que me diese un baño en el mar.

—Para que desaparezca el rubor de tu rostro —me dijo, muerto de la risa.

Melinka me ató un cordel a la cintura y me empujó desnudo al mar gélido, que terminó de calmar mis ardores.

Por la noche cenamos los tres algo que preparó la muchacha y en verdad yo no sabía dónde meterme. ¿Fue tan evidente mi excitación que ella se dio cuenta y solicitó permiso para complacerme? No lo sé, pero resultó una experiencia inolvidable.

De regreso en Concepción viajamos hasta la vivienda de Leblanc que conversaba conmigo con una naturalidad que más me confundía, como si estuviese acostumbrado a cosas así. Por la noche no resistí los deseos de preguntarle.

—Capitán Leblanc, debo decirle que la experiencia que viví en el *Bateau II* ha sido muy…digamos…reconfortante para mí, pero no termino de comprender por qué usted accedió a eso. Estoy muy confundido.

—Debe entender, amigo Félix, que Melinka es mucho menor que yo, que soy incapaz de satisfacer los deseos carnales de una mujer fogosa, a la que rescaté de un burdel en Valdivia. Hasta entonces, para ella el acto sexual era un mero asunto comercial y yo, que inicialmente pensaba adoptarla como una hija, frente a las insistencias de ella a hacerlo conmigo, la llevé a entenderlo como un acto de amor y me entregué. Para las mujeres de su condición, hacerlo con hombres mayores o con niños no marca ninguna diferencia, siempre que paguen. En Melinka se mantiene latente ese salvajismo que deja la prostitución. Por lo que ella me ha explicado, es como un vicio que mientras más lo practicas, más lo deseas. Por eso la dejo tener sus aventuras y cobra por ello, lo que le permite ganar unos duros. Además, cuando viajo, que significa estar por semanas o meses fuera, no puedo exigirle virtud, cuando —a usted le consta, amigo mío— yo tampoco soy muy virtuoso.

Guardamos silencio largo rato que él rompió para agregar.

—Melinka la pasaba mal en Valdivia. Su proxeneta la golpeaba si no conseguía la cantidad de dinero que le exigía y la violaba como si se tratase de un animal. Yo la rescaté de ese malvado y, como le dije, mi intención primera fue adoptarla como hija, pero ella prefirió tenerme como amante. Frente a lo que pasó en el *Bateau*, debo decirle que le gustó con usted y me pidió hacerlo nuevamente sin que yo estuviese presente para que no se cohibiera.

—¡No, cómo se le ocurre!, ya sentí suficiente vergüenza como para repetirlo.

—Aclaremos las cosas, Félix. Usted es viudo desde hace poco, pero seguramente mucho antes dejó de hacer el amor con su mujer. Primero su incursión a Chiloé con la armada y luego el embarazo de ella. Cuando vio a Melinka saltar desnuda al mar, sus ojos acusaron toda esa represión.

Usted necesitaba tener una mujer a su lado y Melinka lo complació y está dispuesta a hacerlo nuevamente. No sea tonto. Nunca más tendrá una oportunidad así. Las mujeres de la casa no saben entregarse como lo hacen las profesionales, para eso existen y por eso muchos hombres casados buscan en los burdeles eso que en sus casas sus castas mujeres no le dan. Déjese de vacilaciones y vaya a la habitación del fondo. Lo está esperando.

Por el pasillo, iluminado tenuemente por una vela, caminé con una mezcla de excitación y vergüenza. La muchacha, joven, de pechos, caderas y glúteos firmes, era sin duda atractiva y yo ya sabía que conocía los secretos del amor como una diosa, incluso teniendo en cuenta que mi aporte fue casi nulo por la incómoda presencia del francés.

Entré a la habitación un poco mejor iluminada y desde el lecho se levantó su silueta recortada contra el fondo, con ella sonriendo, desnuda, con todos sus encantos a la vista. Perdí los estribos y nos abrazamos y nos acostamos y nos revolcamos sin ningún tipo de recato. Sentí que en cada uno de los orgasmos de esa noche se iban el dolor, la rabia, la impotencia, todas esas vivencias negativas que me invadían en el último tiempo. Y por supuesto encontré que mi amigo tenía razón. Ninguna de esas sensaciones que te llevaban a un éxtasis así, las procuraban en el hogar, donde el sexo rutinario, insípido, recatado y hasta culpable, era la tónica.

Desperté tarde por la mañana y me encontré con Leblanc y Melinka desayunando. Me miraron y con un gesto me invitaron a sentarme. Nadie hizo ningún comentario respecto a lo ocurrido la noche anterior.

A media mañana montamos y junto al francés nos dirigimos a Penco para ver cómo iba la tala de árboles. Todo marchaba bien y en una semana tendríamos todo preparado para embarcarlo rumbo a Valparaíso.

Mi duda era dónde alojaría durante esa semana. Regresar a casa del francés me provocaba una sensación contradictoria. Me hubiese encantado repetir la velada con Melinka, pero sabía que no podía abusar de la hospitalidad de mi amigo. Lo ideal sería buscar otro sitio, pero el francés insistió en que me quedara con él.

—En todo caso, será Melinka la que decida si quiere dormir con usted —me dijo.

Solo una noche se acostó a mi lado, pero fue mucho menos tórrida que la jornada del primer día. A la mañana siguiente Leblanc me saludó sin ningún atisbo de reproche.

Como no le entendía a la mujer lo que hablaba, no pude preguntarle nada sobre lo ocurrido, pero al momento de las despedidas, lo hizo como si el que se ausentaba fuese una persona completamente ajena a su vida, sin alardes, ni aspavientos. Lo preferí así.

En Concepción supimos que en el país se estaban produciendo muchos levantamientos militares por el no pago de los salarios. Se hablaba de uno en Chillán y en otras ciudades. Al parecer la situación económica estaba tocando fondo y en las arcas del gobierno no quedaba un peso, mientras se mantenía la guerra contra los Pincheira y otras bandas de forajidos que asolaban el sur de Chile y a los cuyanos al otro lado de la cordillera. Gran cantidad de soldados realistas, luego de la derrota, se habían dedicado al bandidaje, algunos por su cuenta y otros uniéndose a las bandas existentes. Los campos del sur eran atacados por estos hombres que no trepidaban en asesinar para robar, o que raptaban mujeres para prostituirlas o para sus propios placeres. Recordé cuando durante mi primer viaje desde Vichuquén a Valparaíso, fui testigo de uno de esos episodios y de lo terrible que eran para las víctimas. Por suerte el mar estaba casi libre de corsarios, piratas y bandidos y desde Valparaíso no llegaban noticias de hechos ocurridos ahí.

Por eso, al zarpar desde Concepción, me sentí aliviado. En mi tierra podría estar más tranquilo desde todo punto de vista.

Episodio XIV

UN NUEVO AMOR

Durante el viaje de retorno, que lo hicimos junto a los tripulantes habituales, el francés me hizo una proposición:

—Félix, me doy cuenta de que no seré capaz de administrar las tres naves. Quiero proponerle que nos hagamos socios y organicemos una pequeña empresa naviera. Lo he pensado bien y creo que usted podría funcionar con una de las naves desde Valparaíso haciendo fletes al norte, donde la minería está creciendo, mientras yo, desde Concepción, continúo con lo que es mi ruta habitual. Además podríamos comprar madera en Chiloé, en esos aserraderos que contactamos y venderla en Valparaíso a través de su barraca o de las otras que se han instalado. Ese puerto está creciendo mucho y la demanda por madera lo hace al mismo tiempo. Usted no tendría que poner mucho capital, solo el necesario para el primer viaje. Después se supone que el negocio se sustentaría solo ¿Qué le parece?

La propuesta me sorprendió. Sin duda que se presentaba como una buena oportunidad de incursionar en otros rubros, pero dicha en la media lengua del francés, preferí pedirle que me la repitiera por si había escuchado mal. Lo repitió caso textual y ahora, muy atento, le entendí casi todo y le repliqué,

—Pero eso de viajar y dejar a mi familia en estos momentos…

—No tendría que hacerlo. Los clientes llegan a usted buscando fletes y con una buena tripulación y un capitán honrado, no necesitaría salir de Valparaíso. A mí me gusta viajar y no tengo nada que me ate a Concepción, salvo Melinka que, como usted vio, hace su propia vida, por eso lo hago de esa manera, pero de igual forma podría permanecer en la ciudad. De hecho, para la segunda goleta lo tendré que hacer así, entregarla en otras manos.

—Deme unos días para pensarlo, monsieur Leblanc. No quiero tomar una decisión precipitada.

—Ojalá lo pueda resolver antes de mi regreso a Concepción. Si no es usted, lo que me gustaría mucho, tendrá que ser otra persona, pero tengo claro que solo no seré capaz para administrar las tres naves.

Si hubiera estado viva Julia, con ella hubiésemos conversado el tema antes de tomar una decisión. Ahora no sabía con quién hablarlo.

Luego de ver a mis hijos, preferí permanecer un tiempo junto a ellos y decidí dilatar mi resolución. Así se lo hice saber a Leblanc, a quien no le gustó mucho.

—Monsieur Leblanc, le agradezco la confianza demostrada al ofrecerme la sociedad, pero por el momento, prefiero priorizar a mi familia y al negocio que ya tenemos caminando. Si a su regreso a Valparaíso aún no encuentra una persona adecuada, hablamos de nuevo al respecto, ¿le parece?

La calma volvió a mi vida luego de la incursión por el sur. Mis hijos, al cuidado de Catalina, crecían sin novedad y Julita comenzaba a hacer sus primeras gracias. Yo observaba a mi cuñada y la verdad era que, desde que tenía la preocupación de los niños, se veía mejor, más joven, más alegre. Nunca observé en ella algo que me permitiese intuir que estaba enamorada de mí, como afirmó el francés y el recuerdo de Julia permanecía demasiado presente en mi mente como para que yo estuviese buscando una nueva pareja.

Así concluyó ese año tan convulsionado para mí y para el país. Desde que a comienzos de febrero llegaron al puerto noticias de Santiago que indicaban que los últimos días de enero, un militar de apellido Campino, se había sublevado, entrando a caballo a la sala de sesiones del parlamento, obligando a los diputados a abandonarla, la vida política había sido muy convulsa, con muchos incidentes similares, algunos motivados por los sueldos impagos y la miseria en la que vivían los militares, pero muchos tenían su origen en el intento de los distintos grupos políticos por imponerse a la fuerza sobre los demás.

Estos hechos, que comenzaron siendo aislados, aumentaban con el paso del tiempo sembrando inquietud en una población harta de que la estabilidad necesaria para trabajar no llegara a la patria. Los conflictos entre políticos demostraban el estado de decadencia de la actividad, donde los diversos grupos eran incapaces de ponerse de acuerdo en la forma de gobernar el país. Mientras leía estas noticias, pensaba en los chilotes que se resistían a ser ciudadanos chilenos y les encontraba razón.

Pese a que en el país continuaba la agitación, yo no abandonaba mis estudios. Me iba bien al extremo que el señor Smith insistió en nombrarme monitor. Como decidí permanecer en Valparaíso y no viajar por lo menos durante un tiempo, acepté. Me nombraron tutor de tres alumnos con los que me reunía dos veces a la semana para estudiar las cartillas de gramática y aritmética. Era mucho lo que progresaba siendo profesor. Preparar las clases me obligaba a superarme y muy pronto incluí como alumno a mi hijo mayor. Era muy pequeño, pero creo que mientras antes los niños comienzan el aprendizaje, mejor.

Que un año antes el mayor de apellido Maruri lograra desarticular el motín de Campino, no significó el fin de la inquietud militar. Con frecuencia se escuchaba de asonadas, aunque en Valparaíso parecía que estos hechos ocurriesen en lugares remotos. La distancia y la prosperidad lo hacían ver así.

En el puerto se vivía una situación algo distinta quizás por la presencia extranjera. Cada día eran más los ingleses, alemanes y norteamericanos que elegían la ciudad para instalar sus negocios e industrias y eso hacía que el trabajo no faltara. De las localidades cercanas migraban campesinos, en su mayoría jóvenes, en busca de un destino mejor. Yo, que viví la infancia en el campo, conocía las limitaciones que para el desarrollo de los muchachos representaba esa situación y me alegraba por esos que se atrevían a dar ese paso. Claro que la mayoría, por no decir todos, eran analfabetos que solo conseguían trabajo en el último escalafón. Mal pagados, muy pronto engrosaban la lista de los que vivían en las quebradas, ajenos al progreso que empujaba a la ciudad.

Por eso decidí dedicar más tiempo a educar a otros y comencé a recibir alumnos provenientes del campo, a los que les enseñaba a leer, escribir y las operaciones básicas de las matemáticas, sin cobrarles. Para eso habilité una habitación en mi casa y todas las tardes, después de regresar de la barraca, me reunía con mis estudiantes. Lo único que les pedía era rendimiento. A aquellos en los que no veía tesón, pronto les pedía que se fueran para que dejaran su vacante a otro con verdadero interés.

Muy pronto encontré ayudante. Una tarde se acercó Catalina y me dijo que le gustaría colaborar con la educación de esos muchachos, lo que nos permitió recibir más alumnos y sin darme cuenta, fui descubriendo en mi cuñada su otra faceta, aquella que tenía antes de que el terremoto le fracturase la pierna. A ella, entre el cuidado de mis hijos, las labores del hogar y ahora las clases a los campesinos, los días se le hacían cortos.

Poco después de que se cumpliera un año de la muerte de Julia, una tarde, luego de que los alumnos se hubieron ido, me habló:

—Félix, ya ha pasado un año de la muerte de Julia y he visto que has sido muy respetuoso de tu duelo. Te alabo por eso. Pero no estás obligado de por vida a mantenerte célibe y por eso te quiero hacer una confesión; estoy enamorada de ti.

Dicho esto, ruborizada abandonó la habitación, dejándome perplejo. Desde que Leblanc me lo anunciara, la había observado sin notar nada que me hablase de ese amor y ahora, de golpe y porrazo, ella me lo hacía saber. ¿Qué hacer?

Para mí el recuerdo de Julia se mantenía vigente y a pesar de que ya había transcurrido el primer año, no la podía alejar de mi mente. Con frecuencia, durante mis desvelos nocturnos, lloraba por ella. Pero también tenía claro que necesitaba reconstruir mi vida y que si bien Catalina actuaba como una madre, solo era su tía. Los niños necesitaban de una madre.

Hasta ese momento, Catalina solo me inspiraba atracción física, sobre todo después de su cambio de actitud frente a la vida, aunque también me inspiraba un poco de lástima. Eso no era amor, pero tampoco me había empeñado en buscar a otra mujer que reemplazase a Julia, a la que consideraba irreemplazable por lo demás. Si por esas cosas del destino Catalina encontraba otro hombre, seguramente mis hijos quedarían a la deriva. Estos y muchos otros factores me llevaron a responder a mi cuñada a la vez siguiente en la que quedamos a solas.

—Catalina, siempre te he visto como mi cuñada y mientras estuve casado con Julia, jamás se me pasó por la mente una relación distinta a esa. Además debo ser muy ciego en las cosas del amor, porque otras personas y no yo, se dieron cuenta hace tiempo de tus sentimientos. ¿Has conversado con tu padre esta situación?

—No. No lo he conversado con nadie y comprendo que tu mirada sea esa. Era evidente el amor y respeto que sentías por mi hermana. Tengo claro que, si aceptas continuar a mi lado, seré siempre la reemplazante, pero me conformo con eso. Te conozco lo suficiente como para saber que me respetarás y yo haré lo posible por conquistar tu corazón.

—En este momento de sinceridad, me parece pertinente decirte que el gran reparo que le veo a esta relación es tu carácter huraño, ese rictus de desagrado que, desde hace años, envuelve tu boca, aunque debo reconocer que en el último tiempo he notado un cambio.

—Quizás el mantenerme ocupada y la esperanza me han ayudado. En todo caso te prometo que haré lo posible por cambiar. Debes comprender que después del terremoto sentí que no solo se fracturaba mi pierna, sino también mi vida, mi alma y un profundo rencor contra todo se anidó en mi corazón. Además estaba la actitud permanentemente compasiva de Remigio. Tenía claro que no me amaba, pero lo mantenía atado a mi lado quizás para que sufriera lo que él me hizo con su despecho. Ahora, la compañía de mi hijo y sobre todo de los tuyos, me ha hecho recapacitar y creo que puedo prometerte que cambiaré.

—Si es así, te propongo que lo hablemos con tu padre y tu hermano, no para pedirles permiso, ya somos adultos como para tomar nuestras decisiones, sino para que estén informados. No sé si te trasladarás a mi lado o yo al tuyo, pero eso lo iremos viendo en el camino.

—¿No te parece que vas demasiado rápido? Tal vez deberíamos mantener una especie de noviazgo. Por el "qué dirán", digo yo.

—Me parece razonable. Lo dejo en tus manos, Catalina.

En definitiva, fui yo quien habló con el señor Aguayo y le expliqué lo que pasaba entre nosotros.

—Hace mucho tiempo que percibí los sentimientos de mi hija por ti, Félix, incluso antes de la muerte de Julia, situación que me preocupaba de sobremanera. No sé cómo surgió lo de ustedes, pero me gusta la idea. Creo que Catalina se ha comportado como una verdadera madre con tus hijos y una relación formal ayudará a que su dedicación sea aún mayor. Créeme que les deseo lo mejor.

Así fue como una noche Catalina, después de la cena familiar, en lugar de dirigirse a su habitación, se fue a la mía. A los niños les pareció lo más normal y los adultos, es decir el señor Aguayo y Luis, ya estaban informados.

Al otro que le comuniqué mi decisión fue a mi amigo Remigio. Después de todo él fue pareja de Catalina y tenía un hijo con ella. Me pareció prudente que lo supiera por mí y no por el cominillo del vecindario. Su comentario fue lacónico:

—Te compadezco.

No quise preguntar por qué, pero me di cuenta que, a partir de ese momento, no podríamos seguir juntándonos, aunque en el último tiempo lo hiciésemos muy esporádicamente.

Para mí la relación con mi nueva esposa quedó muy pronto sellada por un embarazo que me provocó una sensación contradictoria. Por una parte, una inmensa alegría por éste, que sería mi cuarto hijo y por otra, una enorme preocupación después de la trágica experiencia que significó la última preñez de Julia. Tenía mucho miedo de perder a mi nueva compañera.

Mientras el tiempo transcurría entre el trabajo, las clases a nuestros alumnos y la vida de familia, la panza de Catalina crecía y con ella mi inquietud. Creo que era natural que fuese así luego del impacto que me produjo la muerte de Julia al momento de nacer Julita.

Pero parece que Catalina, siempre preocupada de no importunar, esforzándose por no hacer nada que pudiese contrariarme, se preparó para parir sin problemas y el niño, Francisco, nació sin contratiempos. Lo recibió la misma comadrona que tuvo la triste experiencia con mi esposa.

El más contento con este nuevo nieto era el señor Aguayo. Es curioso, pero nunca lo trate de otra forma y como dije antes, en verdad el tiempo hizo que olvidara su nombre de pila.

Episodio XV

LA GUERRA CIVIL

La tranquilidad regresó a mi hogar y a los negocios, que marchaban viento en popa pese al ambiente de incertidumbre que se vivía en el país. Tiempo antes acepté la propuesta de Leblanc y me hice cargo de la *Bateau III,* con la que establecimos un servicio hacia los puertos de Coquimbo y Huasco. El francés, ahora con dos naves, realizaba viajes a Valparaíso desde Concepción y Chiloé, cuyos aserraderos resultaron ser muy convenientes proveedores de madera, sobre todo de alerce y de ciprés, ambas muy solicitadas para las construcciones más elegantes que florecían en el puerto en el último tiempo, de la mano de arquitectos extranjeros.

Para poder concretar este negocio, tuve la suerte de encontrarme con Froilán Quintana, aquel personaje capturado junto conmigo cuando nos enrolaron a la fuerza para ir al norte. Después de ese episodio ocurrido tantos años antes, perdí contacto con él y hasta lo di por muerto en alguna de las batallas que enfrentamos, pero no fue así y ahí estábamos repasando nuestras vidas. Me contó que de regreso del norte volvió a su Quillota natal pero que no se acostumbró a la vida campesina y que desde hacía varios años timoneaba una goleta pesquera en Valparaíso. Le pregunté si se animaba con una embarcación un poco más grande para trasladar mercaderías hacia Coquimbo y Huasco y le gustó mucho la idea.

—Tendrías que hacerte cargo de la nave, buscar tripulantes y mantenerla. Yo te ayudo a conseguir fletes hacia el norte, pero tú también debes buscar negocios, sobre todo para el retorno. Es la única manera de ganar un poco de dinero.

Esa misma tarde nos dirigimos al puerto y en un bote nos trasladamos a la *Bateau III*. Recorrió la nave y la encontró en excelente estado. En verdad los carpinteros chilotes habían realizado un muy buen trabajo. Llegamos a acuerdo y se comprometió a tener seleccionada la tripulación para la semana siguiente, mientras yo prepararía el despacho de un pedido de madera y artículos de ferretería para don Juan Laguna, ese personaje que se hizo pasar como empleado de sí mismo para evitar ser asaltado y que, cada vez que viajaba desde La Serena, regresaba a la barraca y se alojaba en nuestra casa.

Don Juan no solo progresaba económicamente, también vestía mejor y le entregué una carta para mi amigo Efrén Gómez, mi primer maestro lancasteriano, para que le enseñara los conocimientos básicos. Laguna tenía real interés por aprender porque, según me confesó, estaba aburrido de que lo timaran.

Si bien Valparaíso parecía ajeno a la realidad del país, también llegaban los coletazos del descalabro político y económico que se vivía en las otras provincias, pero sobre todo en la capital. Muchos movimientos lidiaban por el poder buscando el apoyo del ejército, que si bien decía no inmiscuirse en los asuntos del estado, casi todos los dirigentes políticos provenían de sus filas.

Por un lado estaban los liberales, por el otro los conservadores, además de otros grupúsculos que también pretendían imponer sus puntos de vista. En 1828 se aprobó una nueva constitución y se convocaron elecciones que ganó don Francisco Antonio Pinto y el senado debía elegir al vicepresidente entre aquellos que ocuparon los lugares siguientes en la votación. Se decidieron por el señor Vicuña que ocupó el cuarto lugar, lo que provocó el enojo de sus rivales políticos.

Uno, simple ciudadano, ajeno a estas contingencias, no pertenecía a ningún movimiento político, ni siquiera tenía muchas ideas, pero quería que la situación se normalizara para poder trabajar tranquilo y por eso sentí simpatías por el partido que llamaban de los "estanqueros", que encabezaba un señor Diego Portales. Era comerciante como yo y proponía un gobierno fuerte que devolviera el orden. Además pensé que una persona así podía entender mejor las necesidades de la gente porque, en general, los comerciantes somos cercanos a las personas o porque trabajamos junto a ellos y conocemos sus necesidades, o porque son nuestros clientes y a través de sus comentarios sabemos lo que piensan sobre la realidad del país. Estoy convencido de que los políticos, en general, parecen vivir en un mundo diferente, ajenos al día a día.

La cosa es que parece que Portales era el que manejaba los hilos de la realidad nacional y muchos se oponían a él porque afectaba sus intereses. Por las noticias que se podían leer en *El Mercurio*, el diario fundado el año anterior en. Valparaíso, se sabía que una fuerza militar marchaba desde Concepción hacia Santiago. También por el diario y por lo que se comentaba en la calle, supe que en Santiago cambiaban presidente con inusitada frecuencia por cuanto los grupos que se disputaban el poder, no lograban ponerse de acuerdo.

En una de estas confabulaciones, ese presidente nombrado poco antes, el de apellido Vicuña, a mediados de noviembre debió huir junto a varios de sus ministros hacia nuestro puerto buscando refugio y en Valparaíso intentó establecer un gobierno. Nuestra apacible vida provinciana se alteró porque su llegada significó el arribo de tropas y de políticos, generando una actividad a la que no estábamos acostumbrados desde la época de las guerras, cuando las tropas deambulaban por las calles, alterando el orden. Me imagino que siempre estas situaciones inesperadas provocan incertidumbre y eso era lo que se vivió durante esos días. Los rumores recuperaron terreno y en la calle se hablaba de otro ejército, encabezado por el general Freire, que venía desde Santiago tras el presidente Vicuña para arrebatarle el poder.

Cuando ya se terminaba el año 1829, se supo que las tropas rebeldes se enfrentaron con el ejército de la capital en un lugar llamado Ochagavía, donde no hubo vencedores, a consecuencia de lo cual se acordó nombrar al general Freire como Presidente de la República, pero por lo que se comentaba, Portales quiso someter a Freire a su voluntad y éste no lo aceptó y renunció.

Un día de mediados de diciembre, en Valparaíso vivimos una gran agitación porque Freire y su estado mayor llegaron al puerto decididos a capturar al presidente Vicuña, pero no lo encontraron porque el día 9 de ese mes se había embarcado hacia Coquimbo en el *Aquiles*, el único barco del que el gobierno no se deshizo después de la caída de Chiloé. En ese momento eran tantas las versiones que corrían, que no se podía saber con certeza qué ocurría ni quiénes eran los "buenos" y los "malos" ni hacia dónde se dirigía el general con sus tropas. Después supe que fueron tras Vicuña para derrocarlo y reorganizar en Coquimbo parte de su ejército, para regresar a Santiago y luchar contra los seguidores de Portales.

No fue mi convicción política, que era bastante débil. En realidad no sé qué fue lo que me llevó a enrolarme en las milicias que apoyaban a Portales, aunque creo que en mucho contribuyeron la arrogancia y los abusos que contra la población civil cometieron Freire y los suyos mientras permanecieron en Valparaíso. Si actuaban así, una vez en el poder se convertirían en tiranos.

Decidido a comprometerme y sin comentarlo con Catalina, tomé contacto con un representante de los estanqueros, ese movimiento que apoyaba al señor Portales, y me puse a su servicio, explicando todo lo que había hecho mientras pertenecí a la marina. De inmediato me aceptó y me dijo que me preparara para viajar a Santiago, que me avisaría cuando fuese el momento. Solo entonces se lo comuniqué a mi mujer, que no mostró ninguna alegría por mi decisión. Me reprochó que dejaba todo botado por ese afán mío de estar metido en problemas ajenos, arriesgando la vida, que el olor a pólvora y a sangre me volvían loco y una serie de expresiones que no lograron lo que buscaban sino todo lo contrario. Más deseos me dieron de partir a luchar. Nunca antes vi a mi mujer tan exaltada y lo comenté con mi suegro, que le dio la razón.

—Félix, esta vez le encuentro la razón a mi hija. Si me estás pidiendo un consejo, te diría que no vayas. Creo que ya has participado en bastantes guerras como para saber lo que se arriesga y tus hijos te necesitan. Además, pienso que estas disputas entre políticos son ajenas a nosotros, aquellos que nos dedicamos a trabajar para vivir. Nos arrastran a la muerte y a la miseria solo para satisfacer sus ambiciones personales. En todo caso si decides ir de todas maneras, como siempre cuenta conmigo para hacerme cargo de los negocios.

Lo que ocurría en el país no me parecía en nada ajeno, al contrario, estaba convencido de que el futuro de nuestros hijos y el de los negocios se estaba escribiendo en ese momento y no podía negarme a esa realidad.

Así fue como, después de dejar a toda mi familia disgustada conmigo y de dos días en una carreta tirada por cuatro caballos, conocí Santiago, la capital del país.

Sin duda que, después de Lima, era la ciudad más grande que mis ojos habían visto. Entramos por la calle llamada de San Pablo para dirigirnos hasta la Plaza de la Independencia frente a la que se encontraba la que llamaban la fortaleza, que fue el sitio donde finalizó nuestro viaje.

Durante el trayecto me impresionaron las construcciones de dos y tres pisos, casas señoriales, verdaderos palacios a mis ojos de provinciano. En el último tramo pedí viajar junto al cochero para observar mejor el panorama. La sequedad del ambiente de fines del verano hacía que se levantase mucho polvo a nuestro paso, pero aun así lo que mis ojos veían parecía enorme. Ahí le encontraba razón a los que propiciaban un estado federalista para Chile, porque sin duda toda la riqueza se concentraba en la capital. Yo había estado en Concepción, Valdivia, Chiloé y por supuesto conocía a fondo Valparaíso y sin duda que ninguna otra ciudad le llegaba ni a los talones a Santiago, aunque también se pudiese ver mucha miseria.

Después de ponerme a disposición de las autoridades pertinentes y de buscar un alojamiento digno, (las barracas en las que dormían los reclutas nuevos realmente daban vergüenza y yo tenía dinero como para pagar por algo mejor), terminé rentando una habitación en una casa de la calle de las Monjitas, en la que además me proporcionarían la cena diaria. Me imaginé que durante el día estaríamos en alguna unidad militar preparándonos para los que se venía y ahí nos darían el rancho.

Los comentarios que se escuchaban en la calle era que el general Viel marchaba desde Concepción y el general Freire, después de capturar a Vicuña, navegaba desde Coquimbo para reunirse en un lugar que no se conocía y con todo ese contingente nos enfrentarían.

Nuestro "ejército" si se podía llamar así, estaba compuesto por campesinos y obreros sin ninguna preparación militar. La mayoría vestía harapos y no había dinero para comprar uniformes dignos. Muchas de las armas que repartieron estaban oxidadas, resecas, seguramente después de permanecer meses guardadas. Tuvimos que empezar por limpiarlas y lubricarlas, pese a lo cual, algunas nunca dispararon, solo servían para calar bayoneta. Parte de la munición tenía la pólvora húmeda y fue necesario ponerlas al sol para que se secaran y entonces comprobar si aún era útil. Este precario ejército era dirigido por el general José Joaquín Prieto y según se decía, seguía las instrucciones de Portales.

En un improvisado campamento iniciamos la preparación de este heterogéneo contingente. En ese momento pensé que la lucha estaba perdida, salvo que los enemigos estuviesen en las mismas o en peores condiciones. Lo único que mantenía vivo a este ejército era la vitalidad del general Cruz, que poseía una gran capacidad de organización y que en pocos días convirtió a gran parte de estos menesterosos en algo parecido a un soldado. En ese momento yo desconocía que en una localidad llamada Tango, estaba reunido un importante ejército bastante mejor capacitado que los nuevos reclutas.

Después de ver todo esto, debo reconocer que estaba arrepentido de mi decisión, porque por otra parte me asaltó una especie de remordimiento por esto de estar luchando contra mis propios compatriotas. En las guerras anteriores los enemigos eran de otros países o que representaban intereses extranjeros, en cambio ahora la lucha iba a ser de chilenos contra chilenos, matándonos por ideales que muchos no alcanzábamos a entender. Por eso mismo me resultaba más complejo aún comprender por qué el enorme odio entre las facciones en pugna. Quizás el discurso de los políticos exacerbó tanto los ánimos, que convirtió en enemigos despiadados a compatriotas. Incluso familias se destruyeron por esta causa, lo que me parecía insólito.

Mientras más lo pensaba, más me arrepentía de estar ahí, sobre todo que a cambio bien podría estar junto a los míos, sin arriesgar el pellejo.

Cuando conocí la distancia que tendríamos que recorrer hacia el sur, decidí adquirir un caballo con montura y todos sus aperos. Mi grado de sargento y mi situación económica me lo permitían y la verdad es que extrañaba el mar. Hasta ese momento, mis luchas fueron o en el océano o cercanas a él y las naves eran nuestro centro de operaciones. Ahora estaríamos lejos, en campamentos improvisados, todo nuevo para mí, que en estas condiciones me sentía como sin respaldo.

Episodio XVI

LA BATALLA DE LIRCAY

Después de varios días de marcha, el 15 de abril llegamos a las cercanías de Talca, una importante ciudad del sur. Ahí acampamos a orillas de un cerrillo que llamaban Baeza porque según supimos, el ejército enemigo se había atrincherado en la ciudad. Nosotros éramos cerca de dos mil hombres, con seiscientos jinetes, entre soldados y milicianos. Teníamos doce cañones. Poco después de nuestro arribo se nos unieron tropas provenientes de más al sur, incluyendo un importante contingente de indígenas. Yo desconocía el grado de preparación de los combatientes y la verdad era que no tuve tiempo como para adiestrar adecuadamente a quienes lucharían a mi lado. En los barcos, durante la navegación, nos ejercitábamos, pero acá no había tiempo ni ocasión para hacerlo. Decididamente nada era igual.

Nuestros espías le informaron al general, en el amanecer del día 17, que el ejército enemigo salió de Talca para flanquearnos el paso. Prieto decidió dar la vuelta por el otro lado y acercarse a los arrabales de la ciudad. Posteriormente se dijo que nuestra maniobra confundió al general Freire, pues parece que pensó que huíamos hacia el sur y envió a la caballería para cortarnos el paso. Fue un error fatal, porque solo una parte de nuestro ejército continuaba en movimiento. Muchos estábamos atrincherados detrás de casas, zanjas y todo lo que nos permitiera guarecernos y los recibimos con todo el fuego del que disponíamos, mientras nuestra reserva atacó a los jinetes por sus costados, destrozándolos en pocos minutos.

Al verlos confundidos, desorientados, el general Prieto dio la orden de perseguirlos y acorralarlos contra el río Lircay, que corría a sus espaldas. Algunos lograron evadir la arremetida y en desorden comenzaron a huir hacia el norte. Vi a varios arrojándose al agua en una estampida desesperada. A muchos de ellos los seguimos en nuestros caballos y les dimos caza. Me impresionaba ver los rostros suplicantes de aquellos que se iban convirtiendo en nuestros prisioneros o en nuestras víctimas. Muchos de los que cabalgaban conmigo eran inmisericordes y los atravesaban con sus espadas. A esas alturas ya eran hombres indefensos, entregados a su suerte. No tenía ningún sentido ultimarlos.

Pero los seres humanos nos convertimos en fieras empujados por el odio y contagiados por el grupo. Actuamos como una manada de lobos hambrientos, aunque después nos avergoncemos de lo que hemos hecho.

Mientras mis camaradas se empecinaban en ultimar a hombres derrotados, con mi caballo troté hacia otro frente donde un segmento del ejército enemigo, dirigidos por un valiente oficial, que muy pronto vi caer de un balazo, intentaba reagruparse en la rivera. Pero no lo lograron. Con nuestros caballos los flanqueamos y los dejamos casi sin espacio para eludir un combate que, a todas luces, ya teníamos ganado. Ahí, a gritos supliqué piedad para los derrotados, que arrojaban sus armas al piso, mientras muchos se arrodillaban con los brazos abiertos, pidiendo clemencia.

Casi todos los que tomamos prisioneros eran soldados o milicianos arrastrados a la fuerza al frente pues la mayoría de los altos oficiales del bando pipiolo, entre ellos el propio general Freire, se dieron a la fuga, abandonando a su suerte a las tropas.

En una guerra civil, más que en las otras, las tropas de ambos bandos somos inocentes títeres movidos por los jefes y, como dije antes, muchos ni siquiera conocen la causa por la que combaten. Son reclutados en campos o en barrios pobres y se alistan bajo amenazas, algo de dinero o promesas que muy probablemente no se cumplirán, sobre todo si son derrotados. Por eso me impactó el ensañamiento con que actuaron los nuestros, que asesinaron a sablazos a soldados como ellos y a varios oficiales enemigos. Después supe que dos de esos eran extranjeros, el coronel Tupper y el capitán Bell, el oficial de la armada junto al que combatí en Chiloé. La masa, no sé de dónde sacaron la información, los acusaba de ser los instigadores de la guerra entre chilenos.

El campo de batalla era un río de sangre. Resultaba imposible contar la enorme cantidad de muertos y heridos. Ni en los peores combates contra enemigos de otros países vi una carnicería así.

Y durante las últimas escaramuzas, mientras recorría el campo de batalla montado en mi caballo, cuando parecía que todo había concluido con nuestra abrumadora victoria y agradecía a Dios porque una vez más salía ileso, sentí dos impactos.

El primero en la pierna derecha que me desestabilizó de la cabalgadura y cuando, sorprendido, incliné la cabeza para mirar lo que ocurría, recibí otro, cerca de la oreja derecha. Alcancé a percibir que caía a tierra y hasta ahí no más recuerdo.